妙姿旃檀

陈晚君 ◎ 著

中国社会出版社

国家一级出版社 · 全国百佳图书出版单位

图书在版编目（CIP）数据

妙曼旃檀／陈晚君著．—北京：中国社会出版社，
2021.8

ISBN 978 - 7 - 5087 - 6584 - 6

Ⅰ.①妙…　Ⅱ.①陈…　Ⅲ.①中国文学 - 当代文学 -
作品综合集　Ⅳ.①I217.2

中国版本图书馆 CIP 数据核字（2021）第 131510 号

书　　名：妙曼旃檀
著　　者：陈晚君

出 版 人：浦善新
终 审 人：李　浩
责任编辑：陈　琛

出版发行：中国社会出版社　　　　邮政编码：100032

通联方式：北京市西城区二龙路甲 33 号

电　　话：编辑部：（010）58124835
　　　　　邮购部：（010）58124835
　　　　　销售部：（010）58124845
　　　　　传　真：（010）58124856

网　　址：shcbs. mca. gov. cn

经　　销：全国各地新华书店

中国社会出版社天猫旗舰店

印刷装订：河北鑫兆源印刷有限公司

开　　本：155mm × 225mm　1/16

印　　张：11.25

字　　数：160 千字

版　　次：2021 年 8 月第 1 版

印　　次：2021 年 8 月第 1 次印刷

定　　价：45.00 元

中国社会出版社微信公众号

序
恍如"心经" | 曾水清

　　晚君的第一本文集，取名为《君文如画》，请了西泠印社会员、书法家林李阳题签。书名如同眼睛，可以一窥书中核心内涵，"君文如画"四字，折射了当时晚君的文风偏于叙事，且叙事手法细腻，不仅能够把外形、神态等具象事物描绘得纤细毕呈，而且也善将人物内心世界、情感波澜勾勒得十分清晰，足见其语言表达能力不简单。

　　三年后，晚君的第二本文集又撰写好了，其文风已经有了非常大的改变，不管是读她的散文随笔，还是读她的创意小说，都开始有了一种着意营构的感觉了。语言上不厌其烦、不怕反复……读着读着，就有了一种刘禹锡之"生公说法鬼神听，身后空堂夜不扃。高坐寂寥尘漠漠，一方明月可中庭"的感觉——读其文，就如听梵音一般，仿佛闲坐冷泉亭畔，洗耳静听灵隐禅寺的诵经声，恰如天籁：冷泉水声泠泠，如古琴一拨回音；梵音整齐平和，细细绵绵不绝于述；时时有闲鱼自警而远逝，倒营一方难得之清幽雅静。

　　其散文随笔徐徐道来，恍如心经之回环。读着母亲、父亲、外公、妹妹的小传和侧记，你能感受扑面而来的亲情、善良与关爱，其用语都是那么温情、那么轻柔、那么感性和湿润。有时细细碎碎、鸡毛蒜皮、闲敲棋子，有时围坐家聊、盛年拜会、倾情目送，无不充满着人间烟火味，凡人幸福态，自有一种"人生得一幸福家庭足矣，斯世更复何求"的满足与充盈。这不是《心经》之境界吗："是故空中无色，无受想行识，无眼耳鼻舌身意，无色声香味触法，无眼界，乃至无意识界"。书名取为"妙曼旃檀"，也正有此意。一则感于其精神内核的扬善弘德，让世间更多人都能在善良和仁厚中成长；二则感于其与友人之情至深至厚，看似叙事，叙述了高兴叔叔与高羽姐姐、李杨哥哥的深厚亲情故事，实际通过灵隐寺觉亮法师之口，表达了对世间善意之爱的赞美。不仅如此，读了这种文字，你会涵养柔软的文情，正应了"非礼勿视、非礼勿听、非礼勿言"的儒家上境界。

晚君创作的小说多篇，也有一种《心经》之感："舍利子，色不异空，空不异色。色即是空，空即是色。受想行识，亦复如是。舍利子，是诸法空相，不生不灭，不垢不净，不增不减。"始读，有些玄幻，有些虚空，有些遥远般的亲近，又有些不可捉摸的清晰。深读，依然有散文随笔的思想与灵魂寄托。但从构思上，要复杂得多，她不甘于散文的平凡叙事，而是于情节的折变中凸显深刻的思想。艺术形式不同，艺术表现手法也大相径庭，但那种诗一般灵动和跳跃的语言风格是不变的，依然引领着小说的叙事和环境描写的铺陈，给人一种泼墨国画的酣畅淋漓之感。

晚君的读书笔记和议论文，还如《心经》一般洗耳洗心。读晚君的这些文章，能够让你从繁忙中跳出来，让自己走得飞快的脚步稍微停留片刻，以等待自己的灵魂。读书，大约是治愈愚昧的良药；观影，大约是反观自我的好鉴；发言为诗，辩言为论，恰好又表达了情感和思想，此不为《心经》之："以无所得故，菩提萨埵，依般若波罗蜜多故，心无挂碍。无挂碍故，无有恐怖，远离颠倒梦想，究竟涅槃。"

我不知道晚君诵不诵《心经》——如果不诵，但其文诵出《心经》之声，也是一大绝妙契合吧！

目 录 | CONTENTS

心灵图（幻想小说）/ 001

似科幻又如梦境，人生百味，世间百态，皆是滋养心灵的良药。

在跟随心灵蜻蜓想象的过程中去寻找光明与美好、爱与希望，画出我们自己鲜活的生命图景。

生活味（散文随笔）/ 057

生活也许本身没有任何味道，就像一杯白开水，你加入什么味道，最后就是什么味道。

书与影（读书笔记、观后感）/ 105

读书和观影，是让人快乐的源泉。

一个是文字，一个是画面，都会产生一种美妙的反应，都是内心的一次长足旅行。

诗共论（小诗歌、小杂文） / 145

  把诗文寄与春风，载梦而归。

  把思考融于认知和实践，化石成金。

  无穷的智慧总是牵手勤学好思之人，可怕的愚蠢却往往与不学、懒思之人结伴。

心灵图 (幻想小说)◎

似科幻又如梦境，人生百味，世间百态，皆是滋养心灵的良药。

在跟随心灵蜿蜒想象的过程中去寻找光明与美好、爱与希望，画出我们自己鲜活的生命图景。

爱·注定

夜色悄然降临，万物开始蒙上一层淡淡的灰纱。我踽踽独行，凉风轻轻拂过我的脸庞，几缕发丝随风飘舞，抹去了一天的疲惫和烦恼，心灵也仿佛得到了净化。

大自然似乎也静静地聆听着我的脚步，谁也不愿打破这份寂静和美好。我在拐弯处停下了脚步，映入眼帘的是一张双面的图画，正面是一幅由几条粗粗糙糙的线条组合的童真的笑脸。好奇心驱使我欲拾起端详一番，可图画却像粘了胶似的紧紧抱着地面不放，我折腾了好久也捡不起来，无奈之下我继续缓缓前行。

也许是直觉吧，我隐隐约约地感到有人在跟着我。我往后扫射了一眼，却见那张图画悄无声息地跟在我后面。我猛地一惊，我的心近乎跳出来，几乎不能呼吸，眼珠因惊恐而乱转。我条件反射般地加快了脚步，开始不由自主地小跑起来，接着是拼命狂奔，直到失控似的飞跃，最后终究体力不支停了下来。我喘着粗气几乎要呕吐，平时容易疑神疑鬼的我却偏偏撞上这种怪事，我惊魂未定地喃喃自语起来："真活见鬼了，纸没长腿怎会行走呢？是风吹的吧，不对，我都拿不起来，风又怎能吹得起来呢？！"我感觉险象环生，恐怖随时袭来。

就在这时候，天突然变了，狂风骤雨一下子扑面袭来，一点准备的时间也没有给我留下，我几乎成了透明的"落汤鸡"。雨水模糊了我的双眼，我孤零零地伫立着，既恐惧又无助。我幻想着此时父母举着伞焦急地跑到我身边，给我避风挡雨和安慰，可是家是那样的遥不可及。我又幻想着旁边会有个能遮风避雨的角落，可是漫天的风雨却无容我之地……就在我惊慌徘徊之际，大雨突然不再落到我身上。"雨停了？"我疑惑地环顾四周，惊奇地发现自己被一个玻璃防护罩罩住了，更意外的是，防护罩上竟然贴着那张图画。

只见笑脸的嘴巴不断放大，将我和玻璃罩轻轻松松地吸了进去，并满足地合上了。我顷刻消失了，准确地说，这个世界有关我的一切都没有留下任何蛛丝马迹。

我闭着眼做了一次漫长的旅行。

当我迷迷糊糊睁开双眼打量四周时，我已来到了一个神秘奇异的地方。"我知道你现在对面临的一切感到很突然，为此我很抱歉，但你是唯一能拯救一切的人了，世界需要你！……不久我们会见面的，我的能量已寄托在了你身上，你要努力行事！"一个温柔如歌般动听的女孩声音从耳畔轻轻响起，带着无比的神秘感。我听后一怔，顿觉压力山大，我仰望粉色的天空，深深地吸了一口气："我愿意帮忙，可这是从何说起呢，我毫无头绪啊！"这时一个穿着制服的女子靠近我，一把拉起我的手二话不说地朝宫殿方向走去。

"等等，你要干什么？我们不认识吧？"我警觉地往后退，与陌生女子保持着距离。

"你是新来的吧，估计也身无分文，地球的钱币在我们这儿等于废纸。我是负责接待你的，你也无处可去了！"女子漠然地说，眼里满是不屑。

我的怒火"腾"的一下便蹿了上来，但尽量表现出有素质，"我从你的言行神情看不出你有什么职业操守，尊重是相互的吧，况且你也没有权力限制我的自由！"我振振有词地理论着。

"权力？就凭这个。"她指了指胸前的勋章，上面的图案是红色的爱心，外框是紫色的，"这是我们星球的统一标志，每个人必须佩戴，而颜色代表身份，紫色可是排在二等哦！"她扬扬自得起来。我似笑非笑，心里虽有一千个不情愿，但也只有跟她走了，毕竟我连勋章也没有——虽然我也不想要。

通往宫殿的路似长非长。一路上，居民都对我投以轻蔑讥讽的眼神，而对这位女子接待员却表示无上的尊敬并献殷勤，这让我感觉一分钟都不愿意待在此地，可回想起女孩的请求，我只有继续下去。

就这样一分钟如十年地走着走着，终于到达了目的地。宫殿十分华丽耀眼，外观呈心形，可见这里的统治者是多么地迷恋爱心啊！我瞧见接待员深深地鞠了一躬，才领我踏进神圣的殿堂，这让我的好奇心越发浓厚。当她把我的手转交给另一个人时，我深深地松了一口气，顿觉充满了活力，心里一阵欢呼，可当我的眸子对上新人员时，却惊讶得"石化"了，眼前的女孩不就是我的亲妹妹吗？我和妹妹竟然在此相逢，令我喜出望外，可想想不对呀，这件事怎么会把妹妹也卷进来了呢？

"姐姐，你也来了啊！"妹妹兴奋地扑入我的怀里，我注意到了，她的胸前也佩戴了一个和刚才接待员一模一样的勋章。

"你怎么会在这儿？"我质问她。

"昨天我给你留了言的啊！你可能没有注意到吧。"她转了转脑子，"咦，不对啊，女王说了我离开地球后所有的一切便消失了。"她苦笑一下，接着说，"还好记忆还存在，不过只能在这儿生存了，回不去了。"

我安慰似的抚摸着妹妹柔嫩的脸蛋，"等我，一定带你回家！"不知哪儿来的勇气，我坚定地对她说。

我们走了进去。

"女王殿下！"妹妹热切地打招呼，和这位统治者仿佛没有任何距离感。

女王很年轻，看上去很温柔，也很美丽，怪不得打动了妹妹的心——不过人不可貌相。

"这位客人是谁啊？你们看上去很熟悉。"女王笑容可掬。

"她是我姐姐！"我本想保持戒心，隐藏我们之间的姐妹关系，不想妹妹抢着说了。话音刚落，女王的眸子一冷，不过又马上伪装成如初的样子。女王瞬息细微的表情变化却被我捕捉到了。"原来你有姐姐啊！"我听得出女王的声音已经不那么友善了，可天真的妹妹又怎能感觉到呢?!

"好了，为了庆祝新人加入，我请大家吃蛋糕！"女王拍拍手，将气氛提到了高点，满殿堂的人个个神采飞扬。见到此情景，我疑惑起来。

"终于能吃到蛋糕了，每个人都只吃过一次呢！"妹妹激动得跳起来。"什么，大家都只吃过一次?"我更加确定蛋糕有问题。

我们随着卫兵来到了一个套房，我紧张得手上不停地冒出热汗，但为了不露出马脚，我装得泰然自若。虽说是请客，其实更像是逼迫，一想到接下来不知要面临多少未知的挑战，我感觉实在是不知所措。我的每一步都必须非常谨慎，因为我总觉得四周危机四伏。大家都落座时，我便像个安保人员一样迅速地探摸了一遍椅子，然后一本正经地坐下，尽管椅子很平坦，但却感觉如坐针毡。

一会儿工夫，大家期盼的蛋糕上来了，美丽的金盘子里，是用果酱和各式各样的甜点衬着的红色系华丽蛋糕，杯子里是粉色散发着诱人香味的液体。我被诱得忍不住了，理智告诉我，赶快趁热闹逃离。我悄悄地来到了卫生间，因为大家的目光全都聚焦在诱人的蛋糕上，谁也没有注意到我这个客人的离开。

约十分钟后，估摸着时间差不多了，我便蹑手蹑脚地潜回到套房。令我欣喜的是，桌上的蛋糕已经被十几张嘴解决得干干净净，可不幸的是我的桌子上竟然留了一份，这是女王专门为我留下的。看来是在劫难逃了。我失落地坐下，仿佛头顶布满乌云，万物失色。

"姐姐，你知道吗，盘子打开后有许多彩色的闪粉在空中飞舞，多么美丽壮观呀！还有还有……那蛋糕的味道……真是……美味得……不正常！"天真的妹妹激动不已地描述着，我知道她已沉醉，现在已无药可救。除了女王外，所有的人都陶醉在貌似醉意实为中毒之中，眼里还闪烁着幸福实为痛苦的泪花。

"既然回来了，那就吃吧，大家的心意怎能拒绝呢？"女王嘴角勾起一丝邪恶的弧度。

"呃——被这么多人盯着，我难以下咽！"我努力地在寻找托词。这样的借口连我自己都不相信，未料到女王却信以为真了。她当即对众人喝斥："所有人马上离开！"一声令下，在场的人就像机器人一样齐刷刷地离开了，显而易见他们已被完全操控，失去了自己的意志。

忽然我脑海里闪过一丝灵光，我急中生智将餐布的一角夹在两腿间，假装起身去换叉子，随即一个趔趄，餐盘完美地掉落地上，碎成了无数片。散落的蛋糕被女王的宠物狗立马解决得一干二净。我故作姿态地向女王道了歉。

"真是可惜了，这么好的蛋糕！既然这样，为了补偿你，我们带你去一个地方，明天一早就出发，你一定会喜欢那里的！"女王不依不饶，一点儿也没有放过我的意思。

夜深了，女王的房间仍亮着灯。"殿下，那个女孩真难以驯服，要不直接实行计划让她消失吧！"这是女王手下一个面目凶悍的男仆的声音。

"且慢！我不信一个乳臭未干的小姑娘也能妨碍我的计划！"女王冷冷地说，她终于揭开了自己阴暗的面具。

"女王英明！世界都是您的！"男仆谄媚着，他仿佛看到了一座座金山归他所有了。

一轮紫日在高空挂起，彩色的光芒无限四射，既壮观又摄人心魄。我似被水淋湿了才睁开眼的——不，严格地说是调皮的宠物狗的口水淋湿了我——我无法责怪这个可爱的生物，因为这象征着它对我的信任。直到一个女孩进入房间抱起这条宠物狗，我才明白这条狗是被派来叫起床的。

"你好，我叫灵儿，是负责安排参观的工作人员，希望我们能成为好朋友。"她露出了灿烂、令人难以抗拒的笑容。我点点头，能看出她的诚恳。"我的妹妹呢？"我有点担心，本来应该是妹妹安排接待的。灵儿善解人意地微笑着："她会以你同伴的身份参与这次活动。""那太好了！"我特别高兴，妹妹虽然被解除了工作身份，可是我们可以更加方便活动和沟通，更加亲密，我想：谁也阻挡不了爱的力量！

灵儿点了一下手环，出现了一个屏幕投影，上面细分了很多项目，她选中了"time"的标题，屏幕立刻转换成"009"的大数字。我脸上布满了问号，灵儿耐心地解释了这个星球时间的划分，我听得一知半解。"该出发了吧？"我提醒沉迷于讲解的灵儿，她愣了一下，突然大喊："糟了，竟然012了，快点走吧！"我被灵儿拉了就跑，累得体力不支。我气喘吁吁地问："难道没有跑的道具吗？"灵儿听后忽然脑洞大开，迅速从背包里拿出一扇时空门，设置了好一会儿，满脸汗水地说："都怪我太着急，其实走过去就到了。"疲惫的灵儿挤出一丝笑容。我感觉有些难受，开始同情起灵儿了："没关系的，你还是很不错的！"灵儿激动起来了："第一次听到有人夸我啊！平时都是责备我什么事都做不好，什么都会忘记，谢谢你！"看来灵儿本性是善良的，我决定同她结下友谊。

穿越了这扇门，我们来到一座建立在海上的岛屿。女王早已在这里欣赏风景，接受岛上居民的顶礼膜拜，享受着至高无上的荣耀。看见我的到来，一部分人热情地迎上来，与我谈笑风生。在闲聊中，他们都说："我来时就被这里的风景吸引住了。岛屿被一望无垠的独特的蓝包围，飘着朵朵白云的天，无染的粉色天幕，压着远方呈弧形的深蓝色海岸线，海的蓝和天的粉连成一片，把最美的样子呈现给你看——蓝得沉静，蓝得澄澈，蓝得妩媚，蓝里甚至还透出些许紫色，如一大块冰冻蓝翡翠，透着些许高贵典雅的意味，让大家求之不得把生命寄托在此，活出精彩！"我也了解了他们的生活——每天枕着波浪，看着星空，闻着海腥味入眠。我虽患有鼻炎，可对空气的辨识度还是很高的，我非常确定空气中夹杂着比砒霜还毒的气体，它能迷惑人的心智，慢慢缩短寿命，也就是说，这里的居民不过是试验品。他们没有察觉是因为这里的美迷惑了他们的神志，把所有来自城市的喧嚣和烦恼统统抛弃在脑后。这是一场黑暗、隐形的交易。我握紧拳头，下决心改变它。

"你在想什么呢？"灵儿拉了拉我的衣袖，关切地问。

"没什么。"我答道。

"唉，你们这对姐妹差别也太大了吧！"灵儿笑着摇摇头，手指向正在疯狂玩水的妹妹。我静静地欣赏着快活的妹妹，突然张口："灵儿，你相信永恒吗？"她听后调皮地吐吐舌头，自信地说："我觉得过好每一天就行了！"她又变得很严肃的样子，镇定地说："可是我不想失去你，你要永远陪灵儿！或许有一天……"

"不要考虑这些！"我闭上眼，陷入沉思。"好啦！走，带你去吃美食吧！"灵儿的声音闯入了我的心扉，回荡……回荡……

吃完晚饭，我、妹妹、灵儿在露台上聊天，妹妹非常来劲，将今天细细小小的鸡毛蒜皮的事情和盘托出，津津有味地说个不停。不知何时，话题突然转到"家"，妹妹深情地表达了思念和无奈，突然营造了一种悲伤的氛围，可灵儿则闭口不谈。我的思绪飘之千里，任海风拂面。我们聊得很晚，看月亮一样的星球升起在粉色的天幕里，看点点繁星渐渐亮起，迷离眼眸。我的身体似乎迷恋了，可心底却产生一种深深的厌恶——虚伪、阴暗！而对岛上居民的怜悯之情愈加浓烈。

眼皮实在沉重，我正想就寝，空中忽然响起烟花绽放的声音，这令我不安。我跟着精神十足的灵儿和妹妹出去看个究竟。

外面已经开始聚会了。"振奋人心的时刻到了，今天不知会有哪位幸运儿得到许愿的机会呢？"主持人话音刚落，一束灯光聚焦在了一位中年妇女身上。"我希望丈夫的残疾能康复！"中年妇女激动地期待。果然，过了一会儿，她丈夫成功地站起来了。夫妻俩幸福地抱在了一起，我不禁目瞪口呆。

"这是有代价的，愿望实现的人都要像机器人一样被操控。"灵儿轻声地说。听完，我愤然离开了。

"有没有改变心意？留下来会活得更加精彩！"女王在我的身后邪性地问。"这几天真是辛苦了你的招待，但是你做梦也别想我留下！"我严词拒绝。女王气急败坏，伸手向我施展着法术，但却反弹地攻击了自身，不过慌张中我还是中了女王的睡眠针倒下了。

等我醒来时，我发觉自己被固定在一把怪异的方形椅子上，四个角装有细细的管子，都连接在最上方的特制瓶子上。我动弹不得。一个熟悉的身影闯入了房间，我定睛一看是灵儿。我喜出望外，急切地说："灵儿，赶快把我放下来！"

"对……对不起！"她低着头，表示不敢。

"我们已经是好朋友了，赶快打开机关，把我放下来！"一种不祥的预感已然升起。

"我的父母早逝，丢下我一人，从此暗无天日，直到女王的出现，她让我重生了。所以我不能背叛女王，请原谅！"灵儿一边解释，一边拉起了"吸收能量"的拉杆，并迅速地逃离了。我绝望了。

我的能量慢慢在消失。"姐姐，我来了！"就在这死亡边缘时刻，妹妹潜进房间，她收起了吸收能量的拉杆。可是我的能量已经化成了一瓶液体，我感到浑身乏力。"我们还有化险为夷的机会！"妹妹从房间里搜寻出一块水晶，"别看我这些天若无其事天真开心的样子，其实因为姐妹之爱我早已感应到你的计划，我之所以如此，是想麻痹女王，在关键的时刻可以帮助你！这块水晶能使任何人的心灵变得真善美，你要将它放在女王的法杖上，这样就能改变她，从而拯救所有的人。你的这瓶液体能量，要交还给寄托能量于你身上的女孩，她是女王的妹妹。"

对妹妹真是刮目相看了，平时妹妹就是我的影子，大事小事都乖乖地听我的，不料想妹妹在这死亡之星球竟然磨炼得如此大智大勇。

也许是妹妹背叛了女王的缘故，也许是妹妹为了摆脱操控为此用尽心力，她像棉花糖一样软倒在地，昏厥过去。我只有放下眼前，争分夺秒地去完成使命了。

我循着声音，来到了高塔的顶端。女王龇牙咧嘴地笑着拿出一个水晶球，上面显示出地球面临着极端的水灾，还有爸爸妈妈的逃生画面。"你如果放弃与我作对，我就放过地球！"她逼迫地大叫。虽然眼泪大滴大滴地往下掉落，但我还是忍住了伤感："哪怕是牺牲我自己，我也会选择正义，选择爱，选择光明！"我避开了女王的法术，奋不顾身地将水晶放在了她的法杖上，等着奇迹的发生。

不一会儿，灵光布满了女王的全身，她的心便沉静下来了。"我们是天造的一对姐妹，你能创造和控制，我能复原。美好是我们的梦想。就是有一天我的躯体在一次意外中化成了一缕青烟，灵魂依然存在，姐姐你无法接受失去的爱，从此对生命充满了憎恨，你失控地控制一切，我爱莫能助，痛心疾首，现在该是涅槃重生让爱回归了！"

还是那样的温柔如歌，还是那样的动听，但已少了份神秘感，更多的是虔诚的关爱！是她，是女孩，是女王的妹妹！

我将液体能量瓶交给了女孩，女孩又把它递给了女王，温柔且深情地叮嘱："姐姐，喝下它吧，一切都会还原，一切都会恢复平静，所有的爱会重新开始，让世间充满爱，我的爱也将永远与你同在！"

……

我百感交集，真正感受到生命的价值和爱的力量。

这注定是一场爱的结束，又是全部爱的开始。

白绣鞋

夜晚，静寂无声的街道融合在淡淡的黑色中，似乎没有尽头。空中，轻巧地挂着皎洁的月亮，如一只优美小巧的白色绣鞋。小布尔此时平静又疲惫，在月光的映照下，一步步向前努力迈着。

他全身湿漉漉，夹杂着浓浓的汗味、海水的咸味与鱼的腥味，右手紧紧抓着粗糙的渔网，左手紧紧提着一个破旧的布袋。年仅九岁的小布尔，为了减轻家中负担，每天清晨出海打鱼，打完鱼跑到城里去卖，卖完后换来的钱就交给母亲。他早已厌倦了平淡无味的生活，可生活却像一张巨网笼罩着他，迫使他用巨网笼罩着活脱的鱼儿。

沉重的脚步声，轻盈的水珠滴落声，交织在空气中，他俊朗的脸上没有一丝微笑，眼里看不出一丝童真，散发着少年老成。

声音忽然止住了。他的脚被轻轻地牵住，小布尔警觉地看向地面，下意识紧抓了抓布袋。纯净的月光下，他看到地上躺着一个苍白无力的女人，凌乱的头发仿佛故意遮盖着什么，她颤抖的手拼命向上伸着，声音却卡在喉咙里，难以发出，只听见极细小的"咿咿呀呀"的声音似乎支支吾吾地从牙缝挤出。

小布尔似乎明白了什么，他站在原地犹豫了许久，只觉得心在逐渐燃烧，过后还是松开了布袋。布袋里躺着一个热乎乎的面包和几枚无光泽的硬币。他小心翼翼地捧起面包，望了望女人，又望了望自己，他清楚地听见了自己肚子传来的可恶的饥饿信号，但他更清楚自己眼前的人需要他的面包。

"阿姨，给！给你！"小布尔礼貌地用双手把面包捧着递给了她，可以说，捧上的是尊严。

女人愣了一愣，还是接过了面包，面包传递的久别的温暖使她潸然泪下，不过，头发遮住了。她说不出一句感激的话，尽管眼前的人挽回了她的生命，她只感到冷，仿佛置身于深海，她惧怕的眼神凝视着小布尔鞋底沾上的水珠，水珠仿佛要淹没她，接着开始狼吞虎咽。

"没关系的，阿姨，请一定要过好自己的生活。振作起来吧！"小布尔认真地说，眼神似乎还停留在面包上。站了一会儿，他想不会有答话了，就转过身来，继续前行，他隐约听到背后传来一声——"谢谢你！"

小布尔边走边想象着过会儿该如何跟母亲交代，想着想着也走到了家门口，矮小简陋的小屋子。

"吱呀——"他试探般从门缝望了望里边。母亲达兰正坐在椅子上抱着妹妹卡蒂，双手勉强地织衣，温暖的烛焰轻轻地照耀在卡蒂安详熟睡的脸上。小布尔推门而入，达兰眼中的光彩，一瞬间又变得黯淡。"布尔，是你啊！"她敷衍似的喊了一句，观察又戒备地打量了小布尔全身，带着几分失落。但这些在小布尔看来已经就是十分关怀的意思了。"妈，还好吧？"他本想表达一下自己的关心，达兰却立刻做了个"安静"的手势："没看到妹妹在睡觉吗？"他马上点点头，一举一动似乎都变得轻了许多。

"对了，卡蒂想吃的面包，带来没有？"达兰望向凹陷了一部分的小布袋。

"妈，今天打鱼打翻了桶，鱼跑了，换的钱也少了。"他说着从布袋里拿出了剩下的硬币，满怀歉意地交给了母亲。

"我看是被你给吃了吧，你这孩子啊！今天晚饭，你大约也不需要吃了。你到底隐瞒了我多少事，还当我是你母亲吗？"达兰脸上阴暗了许多，只有看向那几枚硬币时才露出点喜悦，她俯下头温柔地亲吻了熟睡的卡蒂，完全忽视了小布尔。

"好的，妈，您多吃点吧。"他本来想要解释，但话到嘴边又改成了这样的回答，因为他心中有真正的答案——所有委屈，此时都化作这句发自内心的话。他失落地回到了自己那间最小的房间。

小布尔离开后，门又被推开了。达兰的眼神又变得有光彩。走进来一个体魄健壮、穿着邋遢的男人，顿时屋里烟气缭绕，混合着难闻的酒味。原本破烂不堪的屋子显得更加糟糕。卡蒂被刺激到了，一下子哇哇大哭起来，达兰忙着哄孩子。

"亲爱的，今天怎么样啊？"她柔和的语气里带着对丈夫的爱意，眼神一刻不离开他。

"不好，一点儿都不好。这三天的，全赌没了。"男人烦躁地说着，慵懒地躺在椅子上，睁一只眼，闭一只眼，叼着一支烟。过会儿，他忽然说道："小布尔呢？今天怎么不见他？"

"回房了。他今天想早点休息。"达兰低声说。

"是吗？真是罕见啊，这小子每天这么努力，从来都没抱怨过。倒是你俩整天坐在屋子里，是不是更辛苦啊？"他若有所思地望着天花板。

"怎么会呢？"达兰露出一抹尴尬的笑容，"有这样的好儿子真是我做母亲的幸运呢！"

男人大笑："你是应该感到幸运呢！他要是真……"话还未说完，达兰立刻说道："哦，亲爱的，你知道我今天发现了什么吗？"

"嗯？"

"你等等，我马上拿给你看。"她转身从柜子里拿出三个方形的东西，仔细看，是三本书，"你看看，这是从他房间的角落里找到的。真不知他是从哪里弄来的！还有闲工夫看这些东西，他今天只上交了三枚硬币，肯定和这个有关！"达兰的情绪变得十分激动，好像下一秒就要毁了这几本书一样。

"啊，这东西我真是憎恨呢，害得我做错了选择。"男人叹息，看上去十分惋惜。

"我不懂你说什么。反正我不会支持他看书的，连生活都过不好，我也不知道为什么当初对你如此痴迷……"达兰越说越轻，最后那句话简直就是说给自己听的。

"好了好了，不说了，睡觉去喽!"他满不在乎，径直走进房间，用力关上了门，留下颤抖地紧握着三本书的达兰。

房间里，小布尔躺在草堆上，辛苦了一天，又饿又累，但又留下了什么呢？不，不能这样想。至少也为母亲和卡蒂付出了些。他躺在床上翻来覆去，肚子带来的饥饿使他难以忍受。他皱着眉，望着天花板的洞透过的黑夜，还有点点微弱的光芒。他急切却无可奈何，一点点儿地看着天空慢慢变化，眼皮也渐渐沉重地闭上。那天夜里，不知为何，他梦到了自己在跟月亮谈心，那月亮看起来，就像一只小巧的白绣鞋。

太阳升起了，小布尔刚睁开眼就去角落里寻找着什么，翻来翻去，他脸色渐渐变得煞白，不见了——书!他急促地准备奔向外面，却被达兰拦了下来。

"早安，干吗呢，宝贝?"她微笑着，注视着小布尔。

"我……妈妈，我的……东西找不到了。"布尔着急了。

"我早上丢掉了三个盒子，从你房间里找到的，不知道是不是你要找的。"

"你确定是三个盒子?"

"哦，可能盒子还没用，但宝贝，你也没什么了啊，难道自己藏着些东西？哦，你这样太让我伤心了！唉，卡蒂！卡蒂！"达兰竟演入迷了，回去抱自己喜爱的娃娃。

小布尔紧握着拳，他风一般离开了家，卷起地上的尘土，如他的心情般漫天飞扬。他走过了曾经走了几千次的路，来到了曾经来了几千次的地方，走向了见过面几千次的好友汤米。汤米出生在一个读书家庭，可后来父母双亡，家庭破产，只留下一些书做他的精神支柱。

"汤米，你给我的书被我妈扔掉了，怎么办？我以后可能再也看不了书了，我不想这样！这样我可活不了啊！"小布尔大声叫着。

汤米正站在海岸边捞鱼，第一次见小布尔如此惊慌，也是吃了一惊。"哎呀，没关系的。我还有书呢，接下来小心点不要被发现就好了，绝对不要放弃读书。"他拍了下小布尔的肩膀，忽然间，脸上又沉重了些，"还有，不要轻易说'活不了'。我不想再听到这三个字，如果你还当我是好哥们的话。"

小布尔意识到了什么："对不起，是我有点急了。我真正喜爱的东西是不会被别人影响到的，最起码，我那颗心是不会变的。"

"这就对了嘛！"汤米咧开嘴，露出了洁白的牙齿，"来来来，今天的鱼儿多呢！"他拉着小布尔，小布尔没反应过来，一下子跌进了水里，但他释怀地笑了。

在水中，一天又过去了。

踏上那条熟悉的街。右手抓着渔网，左手的布袋沉重了些。伴随着声音，他的脚又被牵住了。又是那个女人。

"给……给你。"女人坐在地上，她的头发被微风吹拂着，她的眼神坚定又美丽。纯净的手上，叠着三本书。

小布尔意外又惊喜，这就是他丢失的三本书。他激动地望向女人，女人指了指分岔路口的垃圾桶："找到……有……有用。"

"对，书真的非常有用，谢谢你，阿姨！"小布尔笑着拿出一本，递给她，"阿姨，请一定要读读这本书，你会喜欢的，希望能帮到你。有点儿晚了，我先回家了。"他转过身来，继续前行，隐约地听到了一声——"谢谢你!"

小布尔跑着跳着,他此时就像一只快活的气球在空中荡漾。一瞬间就到了家。

闭眼,睁眼,打鱼。

今天的海格外热闹,每个渔民都在议论着。小布尔一来,就有人对他激动地说:"你知道吗,我们现在打鱼的这片海,好像死过人。"

"那不是几年前的事情吗?"

"但是想想还是怕啊,没想到曾经还发生过这种事。"

"你乱说什么啊,没有死,被别人救上来了,是一个姑娘,穿着白绣鞋,样貌可清秀了!"旁边的伙伴立刻纠正了他。

"没出事就好。"小布尔说道。

"没有啊,听说这姑娘受到了刺激,被救上来后,就不见了踪影,有人还在街边看到过她昏倒在那里呢。真奇怪啊,没有去处,莫非在找什么。"

"她昏倒了为什么不帮助她!"听到这里,小布尔叫道。

旁边的人苦笑道:"你又不是不知道,像我们这种人,自己都保全不了,还管他人?"

"难道物质改变了,善恶也会改变吗?"小布尔坚决地说。

"走了走了,他就说些奇奇怪怪的话。"这个人被拉走了。

小布尔心里有一种说不出的滋味,他不会向生活低头,但总有些人在渐渐影响着他的看法。有时,他觉得自己在别人眼里就是一个"怪人"。今天,什么都变得单调乏味了,他做着重复的动作,脸上面无表情。"要不,游会儿泳,放松一下吧。"他喃喃自语,随后纵身跃入大海,他畅游着,忽然看到前方漂浮着白色的东西,看样子已经漂浮了很久,但意外地留了下来。他努力游了过去,敏捷地抓起带回了岸上。

这是一只白鞋，白绣鞋。小布尔想起了早上人们的话，忽然冒出一身冷汗，但还是大着胆子，将鞋子保留了起来。

踏上那条熟悉的街。右手抓着渔网，左手的布袋沉重了些。伴随着声音，他的脚又被牵住了，仍然是那个女人。

女人坐在地上，好像想站起来，但却站不起来。她递给小布尔一个热乎乎的面包，说："这是我……捡垃圾换来的，谢谢你，之前帮了我，我觉得你，好亲近。就像……"她不再说话，只是眼里深如潭水。

"啊，你真的太棒了！一定不要向生活低头，站起来，离开这里吧！"小布尔笑着，握着面包，心也暖暖的。

"我会的。还有，你的书我很喜欢，我一直都喜欢书，只不过，书或许是我人生的转折点。它让我不得不与最爱的人分开。"女人脸上的笑容变得有些僵硬。

"啊，只要有缘分，你们一定会再见的。书，能改变命运。拜拜了。"小布尔不知不觉对这个女人产生了微妙的情感，这种突如其来的感觉让他觉得相见恨晚。

小布尔啃着面包，洒脱地跑着，此时他就像一只快活的气球飞到了最高的地方。

很快，那个屋子便映入了眼帘。小布尔迈着脚步，渐渐靠近着。

"你以为我不知道吗，达兰？几年前，小布尔的亲生母亲罗拉就是被你害的。我可是亲眼看着你把她扔到海里的呢！"屋里，男人的声音格外响亮。

"你！你竟然看到了，为什么不揭穿我！这样，你的妻子就不会淹死了，而我，也不会成为你的妻子。"

"你不会愚蠢地以为她死了吧？当你离开后，是我把她救了上来。而我选择了你，是因为我厌恶书，而罗拉却整天捧着书，跟我说些奇奇怪怪的话，我的条件，照顾不起她，你懂吗？不过现在看来，当初是我选择错了。我对不起她。"

"你！你知不知道我对你的爱有多深？就是它让我做出了这样疯狂的事！"

"是啊，这样的事，要是在城里的话，你将会付出惨重的代价！你应该庆幸我们的条件差。我和你在一起，是因为小布尔。你没有伤害他。小布尔不能没有母亲的关爱。那天，你骗我说罗拉背叛了我，跑到了城里，而你，达兰，为我生下了卡蒂，想和我过幸福简单的日子。我并没有揭穿，那是因为我觉得你更适合带小布尔，还有就是……"

男人停顿了一下，"我对这种生活早已失去了兴趣。你一手创造的骗局，很有意思吧？我从来都没有爱过你，你竟然看不出来。"

"我的天啊！真是谢谢你告诉我一切。我过去还在为罗拉的死亡感到不安，原来，都是假的。不过没关系，这些年，我对小布尔只有索取，没有施舍任何东西。哈哈！"

"达兰，我这里可是还有罗拉和小布尔的画呢，你看，就在我的手里，可是我亲手画的。那天你和她见面的前一会儿，我刚好被安排在你们附近帮忙。"

"好……很好。一切都不重要了。你这个男人，不管怎样都要为我和卡蒂负责。还有小布尔，也要一直傻兮兮地为我付出。"

门口，小布尔全都听见了。此时，他心中仿佛已经到了世界末日。那气球也从最高处落了下来，粉身碎骨。他这些年的"母亲"竟然是害自己母亲的凶手，父亲竟然知道一切却从不开口，而他呢？为自己本该憎恨的人和陌生的"妹妹"，放弃了自己向往的生活，在那伤害了亲生母亲的地方做着自己厌恶的事。母亲如今生死不知。一切是不是都结束了？他第一次感到如此绝望。他想逃离一切，重新开始，不过此时，那幅"画"才是最重要的。

他推开了门，疯狂地走向那冷漠的父亲，一把夺走了画，狠狠地瞪了一眼达兰，头也不回地离开了，他发誓再也不踏入这个令人作呕的地方。

夜晚，空中飘起了雨，开始细细的，渐渐地，越下越大，如瓢泼一般，好像要淹没一切。他有种抛弃了世界的感觉，更有种被世界抛弃的感觉。

到了，那个角落。曾经有个女人一直待在那里，不过现在，已经空无一人了，她站起来，离开了这里。这是小布尔唯一能高兴一点儿的理由。不过，有站起，就有坐下，现在，轮到他坐在这里了。

他缓缓坐下，躺下，大雨中，他仿佛置身于深海，就像母亲那年置身于深海一样。月亮皎洁，就像一只白绣鞋，小布尔从衣服里掏出一只白绣鞋，另一只呢？就像那月亮一样，陪伴着他。真想再做一次梦，让月亮与他谈心，或者，不要醒来了吧！

脚步声响起，越来越靠近，直到在小布尔面前停下了。他看到一位女子，一只脚穿着白绣鞋，另一只脚空着，一头黑发使人挪不开眼，手里怀抱着一本书。

"这是我的鞋呀。"女子如那月光般纯净，她取过了鞋子，套在脚上。用那双手抱起了小布尔。

"孩子，站起来吧。这么久，我想你了。"

小布尔愣住了，他拿出那张画，看完后，憋了多年的眼泪，流了下来。他的心疼痛又甜蜜。

"团聚了，怎么哭了啊？"

"妈——不是眼泪，是雨水。"

"妈知道！"

"为什么现在才来找我？"

"因为我，不想让你承受太多。分开后，你对我来说生死不知。但我始终相信，你永远活着，无论相隔多少年，我都认得出你。如果我还是那坐在地上的女人，就不配做你的母亲。"

　　"妈，我们走好吗？我想去上学，再读更多书，让生活变得有意义。"

　　"好，我们一起努力！"

复制人生

今天早上，我像往常一样打开手机，看着满格的电，心里悬挂整晚的不安终于消散了。轻轻滑动屏幕，感觉陷入了无比宁静的潭水。就在时间定格之际，突然传来一阵震动伴随着清脆的铃声：系统提示，软件安装成功。

我不禁一愣，暗想：记得昨天并没有下载什么啊！手却已情不自禁地点开了消息，不知道是不是错觉，在那一瞬，我仿佛看到了刺眼的金光和微微挣动的东西。此时此刻，我出神似的环顾四周，房间一如既往的装饰，沉默不语，我注意到了书桌上奄奄一息的玫瑰，记得前几天还想着好好照料一下，又看到了插座旁的蛋糕，那是几天前突然造访的闺密所留下的，竟然还是我最讨厌的巧克力味，看到这里，我一脸嫌弃地回过了神，好奇地打开了软件。

这是一款名叫"复制生活"的APP，页面简洁到只有一个按钮，上面写着"开始复制"。操作很简单，只要按下按钮，就会复制下与你有关联的任意一个人的生活，时间随机，但不能复制正在进行的时间。你会成为第二个他，和被复制者一起存在。切记，切记，不要被真正的他看见！

我有些难以置信，惊讶中好像忘记了什么，但都不重要了。那个巨大的按钮如此诱人，我屏着气，颤抖地按下按钮，又一道金光出现了，但我并没有看到那挣动的东西。

我变成了我的"闺密"。几天前的她。

"哎呀呀，我们到底什么时候才能光明正大地在一起啊！"说话的女人叫罗茜，长得娇小可爱，说话口气却与相貌不太搭配，她身穿粉色连衣裙，微微卷的棕色长发自然地披着，少女感十足。

电话对面好像沉默了，停顿了几秒。接着，低沉的声音传来："但是我最近才送给她一束玫瑰。"话音刚落，好像担心女孩失落似的，连忙说："茜茜，你知道我心意的，我这颗心只属于你呀，送她玫瑰是因为……你懂的，你俩是好闺密，我怕她怀疑了我们的关系，影响到你的生活，才刻意讨好一下的嘛！"

"知道了又怎么样，感情就是感情，真正的感情是别人夺不走的！她一点儿都不关心你，就是个被手机绑架的女人，除了手机，成天活在自己的幻想中，跟我也算不上什么好闺密，要不是因为你，我才不会去搭理她呢！"

"好了好了，别生气了。"

"我怎么能不生气？你送她玫瑰怎么不送我一束？有没有人情味啊！"

"不是的，亲爱的，送你玫瑰根本没有什么意义嘛，你的美丽会使它变得黯淡无色。"

罗茜没有说话，我看到她用手捂着嘴偷笑，接着又故作矜持："算了，别让我等太久。"猛地挂断了电话。一瞬间，她的脸上浮现出了凄凉。

我蜷缩在房间的一角，心里十分痛恨系统的位置设定。刚刚开始游戏，就和被复制者一起呼吸着同个房间的空气，会不会被发现呢？不过此时此刻，我更在意的是，我所谓的好闺密和我所谓的男友的事情，我听得清清楚楚，我知道就算我睡着了，在梦里也一定能听得一清二楚。

首先，被背叛的憎恶涌上心头，我此时内心冲动地很想上去和罗茜来一场决斗。但由于游戏规则，我只好暂且忍耐。紧接着又回忆起男友对她刚刚说过的肉麻的情话——我的心只属于你，他送我玫瑰那天也是这么跟我说的，最后，我竟感到自责，我对不起过去的时间，我没有重视友情与爱情，我没有抓住机遇，我没有实现价值，我没有……能不能重来一次……

"砰——"门被打开又关上，罗茜走了。

我现在作为另一个罗茜，但我却有必要跟踪一下真正的罗茜。

我鬼鬼祟祟地紧跟着她，没想到她一路上闷闷不乐，背影显得十分憔悴。我听到她一路上喃喃自语："你以为我没看到吗？你送玫瑰那天，我就在你身后，看着你那不属于我的含情脉脉的眼神，我就知道我失去你了，我们此生无缘了。原来骄傲的我也会主动放弃。因为你是我闺密的男友。而她对我太重要了。听你说情话真的很幸福，尽管是最后一次……"她的声音越来越轻，直到听不见了。

我愣了愣，记得那天，男友他好像的确浑身散发着浓郁的对爱情的渴望，但我好像为了追剧，敷衍地接过玫瑰就走了——我转身离开，而没有抱住他，拥有他。而罗茜，她原来并没有真正背叛我，她还是在乎我的，但我却对这段友谊太冷漠了。

一路上，两个相同的人，各自若有所思……

我陷入了思索，以至于忘记了这条熟悉的路，那是我家的路。

罗茜轻轻敲着门，我看到了我自己，心不在焉地推开了门，并继续快速回到充电插座那里，看着手机。罗茜好像有些胆怯，她将一盒精美包装的蛋糕放在了我身边，轻轻说："巧克力味的，尝一下吧，陪我聊会儿呗。"我听到"巧克力"三字微微皱了皱眉，说："算了吧，我先看完这部剧。""啊，这样啊，好吧，注意休息。"她有些失望地离开了。一瞬间，躲着的我突然感到她变得多么脆弱，失去了爱情，没有获得友情，我究竟干了什么？

我难以忍受，心已经湿了一片。我飞快地冲了过去，一把抓住罗茜的手，大声喊："不要走！"她惊愕地望着眼前这个与自己一模一样的人，瞳孔迅速放大。我也一时激动，凝视着她。

心灵图（幻想小说）

"错乱，错乱！错乱，错乱！"系统的警报声响彻着我的全身。

……

"唉！那里有个女孩，她怎么哭了？"我朝着那个方向走去。

三年前，那是一场暴雨，一段感情的开始。我看到一个女孩坐在雨中痛哭，泪水与雨水模糊了她的脸庞。

"怎么了，快起来，别在雨里！"我慌忙地扶起了女孩，带着她走进了一家僻静的咖啡厅。

"我……我不想活了。爸爸妈妈……他们……死了。"她好像要晕倒了，我的心撕裂般疼痛，就像把最美好的东西在眼前毁灭。

"别难过，希望还是存在的，以后，我陪你。"我抱住了她，擦干了她的眼泪，给她最需要的安全感……两年以后呢？不知怎么，我在自己的幻想里走不出来，不在乎别人的感情，独立感特别强烈，手机好像成了我的最佳伴侣，我对自己的懦弱感到怨恨，因为一切的变化，是在我的父母去世了，我和女孩尝到了同样的痛楚开始的，但是她从阴影里走出来了，而我没有。在之后的日子，我们好像爱上了同一个男人，但是一切对我来说已经无所谓了。

……

"错乱，错乱！错乱，错乱！"警报声持续响着，仿佛带着说不完的嘲讽，在渐渐把我的内心世界攻击到崩溃。

"复制成功！"

一道金光闪现，这次，我看清了：那挣脱的东西，是我的灵魂，在挣脱着阴影与束缚。我好像明白了，"复制生活"复制的到底是什么，还有我曾经忘记的问题——它为何存在。

复制成功了，我变成了三年前的自己，迎接着命运的挑战……

窗　外

　　纯白色的帘纱凄美地轻舞，那双清澈的眼睛疲惫地绽开，无神地环视空洞的房间。她，许萧默，十七岁的少女。渐渐地，冰冷缠绕了全身，过去的一切都不复存在。这就是被抛弃的落寞呵……

　　慢慢起身，黯淡的眼眸幽幽地望向窗外，微微一叹，朦胧的水雾轻轻结起：陌生，让人顿感遥不可及，究竟有何值得留恋？

　　脚步声清晰地回荡在屋子里，如那漆黑的小巷的角落里，无人的回声。许萧默抬手捧起相框，父母熟悉的身影呈现出来。她抿了抿嘴，两行清泪无助地滑过脸庞，忽然间，头脑传来阵阵的刺痛弥漫了全身，心的位置好像已不再属于自己。她颤抖地放下，惊心的画面猛地占据了脑海，挥之不去：

　　"我的女儿，对不起，这辈子的债是时候做个了结了，爸妈……会在另一个地方永远爱你想你，好好活下去……"电话里尖锐的话噩梦般敲击着萧默那柔软的心。她扶正了脸，强装笑脸地跟自己说："这只是个玩笑！一个难以接受的玩笑！不是真的！不可能！"直到电话挂断，才知道，一切，真的结束了。只不过是以难堪的形式。

　　"别，别走，丢下我一个人。"许萧默感到阵阵晕眩，情绪顿时变得很激动，堵塞在心口，她心力交瘁地倒在地上，双眼蒙上了厚厚的水雾，却怎么也发不出声。

　　口口声声说的爱，如今又算什么呢？我只想要和你们在一起，不然，这还是我的世界吗？

　　悄然流逝的时间渐渐平复了她的伤痛。苏御邢，她失忆后唯一剩下的名字，令她恐惧无比的名字，也是一道永远无法平复的伤痕。是他，慢慢地将我驱赶到冰冷的末路。而此时站着的，只不过是没灵魂的躯体罢了！

萧默昏昏沉沉地推开门，视线只透出一丝缝隙，耀眼的阳光迎面而来。她面无表情地慢慢走着，毫无目的地游荡着，与许许多多陌生的事物擦身而过。不知是谁推了她一把，她再次毫无预兆地倒在路上，黑色瀑布般的长发凌乱自然地散开，脸上不免浮现出尴尬的神情。周围的嬉笑声不停地晃动、扭曲，淹没着她。

这个世界有时平凡得不能再平凡，有时却充满着奇异的地方。

"萧萧，是你吗？"富有磁性温暖的声音萦绕在她的耳旁。

萧默注视着眼前熟悉的面容，总觉得很熟悉却一片空白，似乎又与另一个身影相似，心里一震，记忆深处传来痛苦，她二话不说地跌撞爬起，慌忙跑开，越跑越远。"萧萧——"男人不舍地喊着，微愣在原地，望着那娇小的背影，似乎变化了不小。"我不会再让你孤独了。"男人淡淡地说，嘴角扬起一抹自然的微笑。

"呼——呼——"萧默大口喘着气，已跑到家门口，"苏御邢，到底是谁？为什么缠着我的记忆不放！我还有什么利用价值！"她眉宇间透露出疑惑与气愤，想起刚才的男人，头忽然间又像炸裂般疼痛，不敢继续深入想下去。更像是过去被设置成严密的陷阱，只要触及边缘，就会深陷痛苦。

"吱呀——"沙哑又低沉。她拉开门，冷笑一声："又是一个人了。"这里曾经是她最温馨的地方，如今却成了无情的荒地，无情地收留着她，折磨着她。萧默缓步走向床边的窗户，开始的地方，呆滞地望着不远处：

"呜呜——妈咪，我的风筝坏了，心爱的风筝，爸爸给我的礼物，呜——"小女孩号啕大哭着，手里紧紧握着残破的风筝。只见妈妈温柔地抱起女孩，安慰道："宝贝乖，不哭，妈妈陪你买个更好看的好吗?"过了一会儿,小女孩的脸上又挂出了灿烂幸福的笑脸。

思绪不由得飞开:"××,紫藤花凋零了,我好难过,它陪伴了我这么久,我好喜欢。"少女清甜的嗓音里含着丝丝悲伤,她把头埋进了他温暖的身体。"你如紫藤花般美丽,我会更爱你,护你生生世世,永不凋谢。"少女含情脉脉,眸子里的温暖似要溢出来。更令她惊讶的是,两天后,紫藤花竟奇迹般地绽放,芳香更加浓郁……

目光收回,低着头,又想起了过去,可疼痛也会随之而来。

"叮咚……叮咚……"门铃意外响起,萧默迟钝地打开门,是前面的男人,此时就站在她面前。她条件反射地甩上门,顾不上任何礼节,心里惊恐他简直和苏御邢一模一样。

"叮咚……叮咚……"门铃再次不厌其烦地响起。她不好意思地打开门,客气地说:"你好,是不是找错人了,我们不认识吧?"男人表情僵硬,严肃低沉地说:"萧萧,你失忆了?""对不起,事实就是如此,现在的我并不认识你,也不想认识你。所以,请回吧。"萧默非常直白地说,这就是她的心里话,如今她只想安度后半生再与父母团聚。"我也说声抱歉,我不会回去,也不会放过你的记忆,你不想认识其他人,那就眼里只有我吧!"他慵懒地说着,眼里充满着笑意,熟练地指了指里面的洗手间,说:"先借用一下。"语罢,便自然地走了进去,留下了气得可爱的萧默。

客厅里,两人安静地坐着,其中一个还端着茶杯一副逍遥自在的样子。"咳,你是谁?曾经和我有什么关系?"萧默拘谨地说着。

"苏辰。记住了?"他淡淡地说。

"嗯。那关系?"

"没必要,我说了你会信?"

"好吧……"

其实苏辰十分在意,眼前的女孩就是过去他最爱护的人,从来没有变过。

"那你知道我父母的事吗？"提起这个，萧默非常小心翼翼。

"为什么要告诉你？"

"呃，不说的话也没关系。"

"好了，不逗你了。"他从包里拿出一份报纸递给她。上面的标题大大地写着"夫妇欠债跳楼事件，现场轰动"。萧默读完后，泪水似雨点般落下，整个人掉到了最低点。突然间，她跳起来，指着苏辰失控似的大喊："你，你，给我走！苏，苏御邢……"声音越来越弱，名字最终也听不到了。苏辰却十分配合地站起来，走向门外，在不远处守着门口以及窗户，他面无表情地等待着。

许萧默疯狂地锁上了门和所有的窗户，拉上窗帘，关上了灯，抱着头痛哭着。那幕沉重的记忆出现了：

苏御邢高傲俯视着萧默，冷冷地说："我只是让你的父母付出了应得的代价，死亡是他们的选择，也请你尊重别人的选择！"

"不，为什么要这样！"她用力抓紧他的衣角，却被无情地甩开了："你以为只有你的命运很凄惨吗？哼，如果连破产都接受不了，那他们的人生有何意义！""你，我恨你，我会记住你的！"萧默咬牙切齿地吐出每个字。"好，我等你。"苏御邢转身径直离开，不再理会萧默，就这样渐渐消失在了她的眼前。

她清楚地记得，他身上时时刻刻散发着强大的气息，不像是凡人，用一个词来形容的话，那就是"魔鬼"。

次日，阳光照醒了萧默，她正躺在病床上，身边有人守了她一整夜也没有合上眼。

"笨蛋，发烧了都不知道。还真是一点儿也没变呢！"苏辰无奈地说。

"你的话也总是能成功气到别人啊！"萧默回道，白了他一眼。又补充："虽然也不认识你。"

"那也只气你。"苏辰勾起一抹阳光的微笑，"不过，以后最好不要说这种伤人的话了，你我不但认识，关系还不一般啊。"

……算你赢了。

"有句话还是想说，你就算失忆了，也得对自己好点儿，不要总纠结于过去。"苏辰担忧地看了看瘦弱的少女。这句话在萧默心里也激起了热浪，她微微点了点头。

"很好，这才是我们的乖萧萧。"苏辰说完便拉开了窗帘，"寂寞时，看看窗外的景色，坚强些。我会陪你的。"萧默听话地望了望，只要有这个人在她身边，总会给她说不出的安全感，虽然有时会隐约看见黑色的气体在飘动，虚幻又神秘。

窗外，只见那凋零的落叶抓着树木不肯放手，只为给自己争一线机会。没错，她无法与落叶相比，又有什么理由低头呢？每次这窗外的景象都能给她带来不同的感受，总有情感来弥补她，也许是因为挫折封闭了她的内心吧。

"你为什么要对我这么好？让我随着父母一同消失啊！淡淡的，不留下一丝痕迹。"她忧郁地开口，沉重的双手捂在胸口。

"我对你好从来都不需要理由。萧萧，曾经的你可不是这样的，从小时候见到你的第一刻，很多事情就改变不了了。"他深情地看着萧默。

"小时候……"她喃喃道，又想起紫藤花的重开，好像还发生过许多类似奇妙的事情。但她回不去了，过去的自己也不知在何方？

"那天的事情，你不记得了？你是怎样失忆的？"

萧默凝视着前方，摇了摇头。

"那天，是你父母离世的第二天。你疯狂地在雨下奔跑，我一直悄然跟着你。你忽然转过脸，绝望地大喊：'你不要再过来！'你迷糊的脸上已分不清雨水与泪水，我的心突然紧张地跳动，你接下来做了一件愚蠢的事，横穿马路。

"在车飞驰而来时，你却沉默着，一动不动，那是一辆货车，足以令你丧命。我的大脑一片空白，身体却不由分说地冲了上来，将你使劲推开，我替你承受了大部分伤害，你却失忆了。"苏辰述说着，一幅幅画面生动地连串着，仿佛一切才刚刚发生。

"我……你……你后来没事吧?!"萧默沙哑地说着，脸上浮现了几丝激动。

"后来我们都晕了过去，我意外地活了下来，身上的伤也并不是很严重。"苏辰笑了笑，接着说，"你是在关心我?"

萧默松了口气，轻轻说："谢谢你。"她并不知道自己失去了家人还有如此关心她的人存在。那天，好像有一种特殊的力量一直在保护她，她望了望苏辰，那力量远不止这些。

"你想得起我们的过去吗?"苏辰淡淡地说，他忘不了少女纯真的微笑，活泼的身影，小时候他们是青梅竹马。

萧默想了想，顿时感到十分痛苦，仿佛人要被撕裂掉一样，此时她的脑海中只剩下一个名字，她再次失控地大喊："苏，苏御邢!你给我，走开，不要让我看见你，啊!"她举起花瓶，疯狂地砸向苏辰，鲜血飞溅，洒在地板上。苏辰若有所思地望了望萧默，眼里没有丝毫责备，却隐藏着浓浓的爱意，他轻轻说："萧默，对不起，让你再一次痛苦。过去不要了也罢，你无论怎么变，我唯一全心全意真正守护的人，都是你。"他缓缓走出屋子，他听到了，苏御邢，他要了解清楚。

苏辰沉重地走着，来到了他的家，散发着缕缕黑暗的家。

"哥，我们来聊聊吧。"他朝着沙发上的苏御邢说。

"辰，你已经好久没有主动找我聊了。"苏御邢瞥了眼靠近他的人，"你，是不是见了许萧默。"

"对，我当然要见她。她失忆了，却一直记得你的名字，是怎么回事?"苏辰严肃地看着哥哥。

"呵，因为她父母就是因我而死的，不过我也没想到这样的程度就会去寻死，真不自爱。"他露出蔑视的笑容。

苏辰却变得越来越激动，他用力拍了下桌子，发出了巨大的响声："哥，你怎么能这样，你为什么这么做，快回答我！"

"你不记得了。我们的父母与萧默的父母曾经一起去登山，结果是，我们的父母被萧默的父母推下了悬崖，永远消失了。"苏御邢的声音冷得令人畏惧，他深邃的眼眸仿佛能把人吸进去一样。

"什……什么？为什么你之前不告诉我！啊？"苏辰难以置信，整个人开始颤抖。

"我不想让你带着仇恨生活。"他淡然地说。

"可萧默，萧默她……你这样也伤害了萧默！"苏辰无法忍受，紧紧握拳。

苏御邢意味深长地看了眼苏辰："你以为你能保护她一辈子吗？你有资格吗？呵！"

"不要你管。"他离开了这里，总让他厌恶的地方，紧接着加快脚步，来到萧默的家。

推开门的一瞬间，整个人呆呆地立在门口。萧默的头发白若冰霜，身体似乎老化了很多，她无神地看着来人，努力又痛苦地张嘴："你……你是谁？"

苏辰叹了口气，温柔地抚摸着萧默的白发，轻轻地抱起她，克制着内心难以忍受的惊慌，送去了医院。

一家又一家，结果都一样，无法诊断。并且还说萧默的年龄已达100岁，最好提前安排后事，给老人一个舒适的地方"睡觉"，苏辰简直要被气吐血。

"千万不要有事，千万不要有事……"苏辰最终还是把她带回了家，一切都迫不得已。沉重地推开门时，脆弱的一面出现了，他默默地流下了久别的泪水。

"哥——，萧萧她……怎么会这样？"苏辰抿了抿嘴，眼球不肯离开萧默。

苏御邢似乎觉得一切都在预料之中，他示意苏辰把萧默放在沙发上，便开口："是时候让你知道了。我是魔鬼，你拥有一些魔鬼体质，本该在魔域生活。因为当年我犯下了罪，连累你一起被驱逐，离开了魔域，久而久之我们便会渐渐消失，被所有人遗忘。"

"我们的父母只是普通人类，所以被驱逐后的唯一信念就是陪父母安度生活，没想到，他们却比我们还要早离开。事实真是戏弄人！"

"我一直对你惭愧万分，所以与你最想守护的人类女孩——许萧默结下契约。那天车祸，你的魔鬼体质保护了你，而萧默本来难以逃脱死亡，是契约让我为她承受了伤害。至于记忆，是我故意封锁的。因为契约，我会在性命攸关时保护她，但是当她想离开人世时，就会变得越来越衰老，没有一丝痛苦地死去。"苏御邢凝视着弟弟，淡定地说。

"不，不行！萧默不能走，这不是她自愿的！不！"苏辰乞求地望着哥哥，"你一定有办法，求求你，救救她吧，请解除契约吧，我会有能力保护她的，我也有魔鬼体质不是吗？"

"你真的想不清楚吗？你我总会消失，到了那一天她会比谁都难受！她会恨你！不要和她有纠缠了，好吗？"苏御邢厉声说着，等待着他的答案。威迫感瞬间袭来。

"我……只要你能解除契约，我便答应你，不再和她联系，我保证！"苏辰说完后，只觉得心的位置格外酸痛。他不知道自己这么做是对是错。但是，没有选择了。对不起，萧萧。

"好。"苏御邢淡淡地说，抬起手用那释放出来的黑色力量包围了许萧默全身。黑雾散去，便恢复了原来的样貌，"希望你能记住你的承诺！契约解除了，我也只能做这个了，若违反，你会有相应的后果！"

苏辰留恋地望着那纯净如水的女孩，刚想伸出手却被哥哥瞪了一眼，只好不满地缩回去。他勾起一抹苦涩的微笑：这样，也好……我不会干涉你的生活了，不会了，请一定要坚强！

萧默渐渐消失了，转移到了她原先的房间，那窗边的床上，抬头便能看到纯白色帘纱的床上。而沙发上只留下一些淡紫色的花瓣，紫藤花花瓣，残留着萧默独有的香气。"把这些收好，做最后的纪念吧。"苏御邢默然，快步走进了书房。

苏辰轻轻地拾起每片花瓣，小心翼翼地放进玻璃瓶，久久地凝视着。所有回忆都聚集在了瓶中，他怕自己做不到承诺。他想起自己对萧萧曾经说的话："寂寞时，看看窗外。"他遥望着窗外的景色，不知为何，总会浮现出她的脸。

另一边，许萧默缓缓睁开了她漂亮的凤眼，不知为何感到活力无限，望着窗外又感到了丝丝安慰。她打开窗户，任微风吹拂她的长发与脸庞，就好像某人的气息。是……苏辰。她忽然想起，便二话不说地冲了出去，寻找着从小一直陪伴她的辰。她虽然失去了许多，却恢复了美好的记忆。是契约解除，一并解除了记忆的封印。

她奔跑着，感觉前方闪烁着希望，追随着过去，她来到了桥边、公园、山丘、田野、海岸……那些埋藏着各种滋味的回忆的地方，她都找了个遍，可并没有苏辰的影子，心里不免升起些许落寞感。

忽然，却有了确定的方向——秘密花园，属于他们两个人的地方，她甜蜜地笑着，飞也似的跑着，她满脑子装的都是苏辰，幻想着此时此刻他正在花海之上的梯台上等着她。

不知不觉，萧默来到了这个充满梦境的地方，她第一眼就望见了花海之上最熟悉的背影，激动地飞跃着，兴奋地从背后抱住了苏辰。苏辰一震，看到了露出幸福的微笑的萧萧，心不由得颤抖着：现在的萧萧，不再是我的了。

他强装冷漠地推开少女，无情而深沉地说："我们不认识吧！请你注意自己的举止！"眼里还透露出厌恶，他生动的演技把自己都吓到了。

少女笑嘻嘻地说："辰，你真会开玩笑！"她说完更紧地抱住了苏辰。

"请你去医院检查一下吧，我不是你所说的苏辰，抱住陌生人的举动也不正常。先告辞了！"苏辰狠下心要把关系解开，头也不回地走开，听到身后萧默撕心裂肺地喊叫："你，你骗我！为什么要骗我！回来！我是萧萧啊！"他皱了皱眉，忍痛决绝地离开了萧默的视线。

萧默陷入了绝望，深不见底的黑洞，她闭上眼，往事历历在目，她勇敢地向前追着，像过去苏辰跟着她一样跟着苏辰。他是如今唯一值得她信赖的人，她不能再失去他，没有他的世界就不是她的世界。

就像那天一样，苏辰忽然转过身，冲着她大喊："不要再过来！"他从来没有吼过她。她一时呆若木鸡，但她不会气馁，失去了使她变得无比坚强，看淡了许多事物，也无比珍惜那些重要的无可替代的，比如爱。苏辰也因为太爱而选择离开，他知道了结局就不会自私地缠着萧默，那并不是他真正想看到的。

"为什么！你一定有事瞒着我，为什么不信任我！无论发生什么我都想和你一起承担。更何况，失去了你我就……"话没说完，许萧默突然昏厥，带着心痛大脑一片空白，只模糊地听到苏辰紧张地喊叫："萧萧，萧萧，醒醒啊，不要吓我！"她露出淡淡的笑意，心也渐渐没有了知觉，真希望，不要醒来……

"滴——滴——滴——"挂水中她睁眼，猛然坐起，看见了身旁的苏辰，松了口气。

"放心，我一直都在。"苏辰无奈，他知道自己违约了，但只要看到萧萧睁开眼便满足了。

"辰，你为什么要这样对我？"萧萧怅然地望着空白的天花板，清晰地听到指针运动的声音。没等到回答，门却先开了，是苏御邢。

"哥……我……"苏辰说着就被打断了："不用说了，现在满意了吧？""嗯。""好，去跟萧默道个别吧。"

"萧萧，我要走了，我会一直想你。至于原因太复杂，就是我们的爱。请为了我更为了你自己，照顾好身体。"苏辰轻轻地说，只觉得口干舌燥。说完，苏御邢就把他带了出去。

"不，我不同意！"许萧默坚定地说，毫不犹豫地拔掉了针头，跟了出去。她看到了这样的场面：苏御邢用黑色的法力剥夺了苏辰的视力，紧接着黑色缠绕了苏辰全身，他渐渐地消失了。

萧默失控地冲了上去，抓住苏御邢的衣服，大喊："你这个怪物！怎么连自己的弟弟都下得了手！你把苏辰怎样了！人呢？"

"别紧张，他没死，只不过被禁于恶魔之地，100 年无法与你相见。准确说，你可能一辈子都见不到他了！"苏御邢淡然地说。

"什么？我要你放了他！无论怎样我都愿意！"萧默说着，泪水不由自主地落了下来。

苏御邢愣了愣，他并没想到恶魔与人类的感情竟有如此之深，于是心软了点儿："放了他可以，但是得用你的一双眼睛做交换，怎么样？"

"好！"萧默已经没有选择的权利了。她感到黑色的力量在侵蚀她的双眼，疼痛灼伤着她的脸，她没有一句怨言，勾着一抹奇异的笑容。疼痛慢慢退了，她高兴地迎来了一片无尽的黑暗，第一次发觉没有光明的地方也如此的美丽，因为有爱。

过了会儿，苏辰站在了她的面前，轻轻地触碰到了她失去眼睛的地方的白色绑带，温柔地说："哪怕我是魔鬼，也会爱你！但我最终还是会消失，你，会恨我吗？"

"不会，我爱你还来不及呢！但你为什么一定要消失！"萧萧握紧了苏辰的手，看不见的爱就是透明的爱。

"因为我，不属于这里。"苏辰说，他脸上的遗憾即使萧萧看不见也感受到了。

"如果你离开我，回到属于你的地方，哪怕再也见不到，我也满足了，这才是我最希望的。"萧萧白色的绷带意外地湿了一部分。话音刚落，在苏辰与萧萧牵手的正上方出现了一个紫蓝色黑洞，闪烁着刺眼的光。一首《凉凉》优美地传来。"苏御邢及其弟弟因在人间创造感人至深的爱，被魔域召回。"洞里发出了幽幽的声音，有足够的威严。

"去吧，快去吧！"萧萧激动地抱了抱苏辰，脸上露出发自内心的笑容。

"隔界我也会想你。"苏辰感受着，最后地留恋着。转身拉住了哥哥的手，缓缓被黑洞吸了进去，萧萧踮起脚尖，用手挥动着，期望能再碰到苏辰一次，确认他回到了他的地方。而苏辰也用那双没用的眼睛，似乎想多看她一眼。

"辰，我也……""爱"字还没出口，那气息便消失了。"没关系，不用言语，爱有时就是这样。"

黑洞消失的那一刻，萧萧回到了三年前。苏辰在魔域只留下了那瓶紫藤花花瓣。许许多多往事被抹掉了，他却异常重视这瓶花瓣，总觉得有什么特殊的意义。

另一边。

"萧萧，去上学吧！"妈妈温和地走过来，抚摸萧默的头。

"妈妈，我爱你。"

"宝贝，你今天怎么了？妈妈也一直爱你，无论发生什么。快起来吧，不要迟到了。"

萧萧点点头，眼神却一直停留在窗外……

花　园

"这是第几次了？"女人有一头金色波浪长发，她身穿吊带花裙，散发着浓厚刺鼻的香水味，脚踩大红色高跟鞋，脸上涂抹得油光发亮。她摆弄着叼在嘴里的烟头，粗俗地冲着玻璃窗吼叫。

窗外，隐约看到一个老人呆呆地立在花园里，穿着灰色的衬衣，褐色的布鞋，纹丝不动，出神地望着四周。这间肮脏不堪的屋子，唯独花园成天被打理得精美整洁。她，伊莱克，是这里的女主人，从来不沾手任何家务，好吃懒做是她引以为傲的资本。至于花园，她漠不关心，因为在她眼中，最美丽的花也只不过是一摊黑水，没有区别。

伊莱克用力地踏着鞋子，尖锐的声音回荡在屋子里。她满脸不耐烦，快步地走向那瘦弱得如薄纸，风一吹便能倒的老人："喂！老头！快走开，走开。这里是我的地方，别站这儿碍眼！"她扯着嗓子不悦地喊，傲气十足。老人缓过了神，慢慢转头，凝视着眼前的女人，眼里竟闪过一丝亮光："哦，哦！"他紧皱的眉，却立刻舒展开来，带着歉意的目光看着伊莱克。

"你都几次这样了啊！有没有去医院检查过？这种举动像什么样！"她说着，火又"蹿"了上来，话都说得像卡带的唱机。老人也紧张起来了："请别急，对身体影响不好。我只是来看花，这里总会让我想起一个人，只不过她已经不复存在了。"

"哼，这又不是你的花，你赶紧走吧，不要再来了！"伊莱克愤愤地回屋，路上嘴里不断念着："呵，花有什么好看的。所有的人都是如此不幸。"

夜晚。屋里。一片昏暗。一片死寂。只有破旧的钟发出沙哑的声音；只有沉睡的灵魂在徘徊游荡。夜的清冷褪去了她白日可悲的面具，让她以原本的模样面对着心的拷问。

那幽幽的、低低的哭泣声，从那傲慢的躯壳中无助地传出，每晚，受尽了虚伪的折磨，她都会咬破自己的手指，任鲜血渲染雪白的衣服。没有一丝温度，孤身一人，冷眼看着自己的所作所为。

清晨，她站在镜子面前，不厌其烦地为自己打造浮夸令人厌恶的造型，似乎只有这样，能使自己脆弱的一切变得坚不可摧。

单调乏味，这是她对生活最好的评价。

"咔嚓——"突如其来的声音引起了她的注意，她迅速步入花园，可惜没有抓个正着，只看到被修剪好的花，和地上还没来得及清理掉的残枝残叶。"唉，奇怪。谁这么无聊呢！都是没意思的人啊！"伊莱克自言自语，她不满地打扫了剩下的枝叶，气呼呼地转身回屋，她第一次做这种杂事，也第一次对这个花园产生一点儿好奇。

"这个老头，怎么又来了，今天真是一个事比一个烦啊！"伊莱克又瞥见了窗外那单薄的身影，粗鲁地推开门走了过去。

"你！你又想干吗呀！"她的表情开始激动地扭曲。"我……我，对不起，看花。"老人好像有点委屈，说起话来像个孩子。

"看花！又是看花！我让你看个够吧！"伊莱克有点失控，她转身拿来剪刀，疯狂地乱剪，爽快地毁坏着花园，大干一场之后，凶狠地将破破烂烂的花花草草一下子甩在了老人身上，便再次钻回了阴暗的屋子。

老人愣愣的，眼眶有些湿润，他布满皱纹的脸庞开始抖动，紧接着，几滴眼泪从那干涩的眼睛里缓缓流淌出来。他似乎感到很痛苦，强忍着，弯下身体，拾起一片片花瓣。

伊莱克就坐在窗边，她的眼神不时飘忽到窗外，不知为何，她那无知觉的心竟隐隐作痛，甚至感到丝丝后悔。

"叮咚……"

她立刻起身去开门。一个男人。她的丈夫。她不爱的丈夫。

"哦，我亲爱的伊莱克，最近怎么样啊？感觉还好吗？"男人咧开嘴，关切似的问道。

"不好，我一点儿也不好，拜你所赐。"伊莱克漠然地说。她感到重重的压迫，接着，一双手扼住了她的喉咙。"我劝你收起这种态度，你应该庆幸我爱上了过去的你，不然，你还有现在这样好的生活吗？"

"你有什么资格谈感情？真可笑。你这疯狂的人竟然害死了我的母亲，我的生活就是被你一手给毁掉的！"伊莱克毫不退缩，她憎恨他。"那只是误会啊，伊莱克。再说，你也离不开我。""呵，是啊，活着就是一个错误。"

她心口越来越难受，自母亲被害，父亲失踪，她就患上了抑郁症、心病。

她跑到了花园，第一次主动走进花园。她渴望看看花，给她的生活带来一点点儿慰藉，却才想起自己毁掉了花。她终于感受到了老人的体会，她越来越想不通为何自己连这么一点事都满足不了别人。

渐渐，她掉入了虚无的空间中，不，只是因为太黑了。她闭上眼，希望不要再醒来。过了一会儿，竟闻到一阵芳香，是花。

老人悄然来到伊莱克身旁，轻轻地艰难地说："我马上要离世了，因为疾病。请原谅我，我现在才告诉你，我是你的父亲。你母亲走后，我就失忆了，看到你家的花，那是你小时候最喜欢的花，我才渐渐想起一切，但是太晚了。看到那些花，就让我想起小时候的你呀，勇敢些，为自己活下去……"说着说着，老人缓缓闭上了眼。

空气十分沉静。伊莱克轻轻吻了下老人，一颗清凉的泪水落到了花瓣上。夜幕降临，花园里，女人坚强地拥抱着迟到的爱。

罗曼莉莎的吊坠

亲爱的达尔：

感谢很久以来你对我无微不至的照顾。从感情来说，我做不到背叛自己的内心；从理智来说，不同世界的人在一起是不会幸福的。愿你能用最后对我的一丝怜悯与关爱来谅解我无法回报你的付出。

昨日你送我的那条吊坠我已寄出还给你，希望你能送给命中注定的那个人，这也将是最后一次给你写信。

祝你

幸福！

罗曼莉莎

笔尖缓慢停滞，美丽的爱情似乎也暂停了舞蹈。女人娴熟地吹灭烟头，抬头仰望，微微张嘴，烟圈如愁绪般层层散去，她搓了搓疲劳的双手，起身向外走去。阳光倾泻，大衣口袋中闪着彩色的光芒。

【罗曼莉莎的住宅】

"索尼娅，你说，那串吊坠现在会在哪儿？"罗曼莉莎清澈的眸子里透着淡淡的忧愁。她一手托着下巴，脸上浮着凝重的神情，苍白的嘴唇微张着，很是憔悴。

索尼娅满脸笑意，开玩笑似的说道："指不定已经挂在某位小姐雪白的颈部上喽！"她瞟了眼无神的罗曼莉莎，喋喋不休地说："哎，为什么不自己保存好吊坠，现在没了，还整天想念着，你是对人有感情还是对物啊？"

"好啦，你就别开我玩笑了，我可是病人！"罗曼莉莎有些自得，说完却突然感到阵阵晕眩，她露出难忍的表情。

索尼娅心里白了她一眼：明明之前还说自己身体没有问题，趁主治医生不在时，到处乱逛，不好好休息。但看到发病的罗曼莉莎，她内心开始不忍心地颤抖，眉头紧紧皱着，因为找遍了各个名医，都对她的病情一无所知，慌忙向前去，扶好似乎将要晕乎过去的罗曼莉莎。她轻声说："到了床上，好好休息。"

【沃森·达尔的住宅】

"先生，您的信。"管家毕恭毕敬地将雪白的信封递给了身着黑色西装的达尔。

达尔的目光扫向信封，不知为何，这封信带给他的感觉十分沉重，仿佛有一种力量阻碍着他触碰信。但看到寄信人是罗曼莉莎，他依旧毫不犹豫地打开了信，仔细地阅读，读到"亲爱的"时，他一向冷峻的脸孔突然浮现出柔情，但读下去，他周围的气体似乎渐渐地变得阴沉，令人窒息。

他一脸伤感，颤抖的双手举起电话，心痛地敲打着每一个数字，只听到电话内传来审判似的交响乐，旋律冲击完他的大脑后，黯然的女声响起："喂？"

"我是达尔，索尼娅，我送罗曼莉莎的吊坠，还在不在？"达尔紧张地喊着。

"这……"索尼娅心里暗叫不好，难道吊坠的事情达尔已经知道了？可他至于因为一条吊坠弄得像失恋一样吗？该怎么回答呢？"达尔，我没看到她的吊坠，要不我再跟她说一下吧。"

"呵呵，不用再说了……"达尔仿佛感受到了万箭穿心的痛苦，痛完后，又是永无止尽的冰冷，空气变得越来越缺氧，满脑子都是她靓丽的身影，所有的往事突然记起，他无法直面自己将永远失去爱情。一帆风顺的男人，此时感到了深深的绝望，他强迫自己在以后的日子里，不要再进入她的世界，慢慢忘记一切。

在沉痛的时间里，璀璨的、闪着过去爱情的光芒的吊坠，已经悄无声息地送到了他的身边，讽刺般异常的明丽。

挂了电话，索尼娅突然想起一件重要的事，罗曼莉莎奇怪的病情达尔还并不知道，于是立刻重新打了回去，谁知，达尔正在借酒消愁，他狠下心，拒绝了接听，急得索尼娅团团转。她转着转着，转回了罗曼莉莎床边，静静地守着沉睡的女人。

【罗曼莉莎的住宅】

许久，突然响起一阵敲门声。

身着褐色外衣的女人踏入房间，手提着医药箱。"她是不是没有好好休息？"女人红艳的嘴唇闪着讽刺的光。索尼娅愣了愣，轻轻点点头。只听到女人幽幽地说了一句："自作自受。"便开始了医疗程序。

结束后，她似乎又要离开了，转头说："罗曼莉莎过会儿就会醒，让她好好休息。""等等！"索尼娅喊道，"她的病情，到底可不可以医治好，只能一直这样下去了吗？"她双眼渐渐通红。

"抱歉，无可奉告。"女人说完便甩上了门，留下一室寂静。

时间慢慢地走过，床上的人儿睁开了双眼，迷迷糊糊地喊着："别走……"

"我一直在陪你。"索尼娅关心地说。

"终于醒了，睡一觉好舒服啊。陪我出去走走吧。"女人的脸上洋溢着甜美的笑容。

"你不……"索尼娅没说完，罗曼莉莎便打断了她，"我懂你的意思，最后一次吧，让我再看看世界的美丽！"

出门，总能让人的心情愉悦一些，看着无时无刻不在变化的景色，她感悟着生活，渐渐出了神。想起他。

熟悉的脚步声渐渐响起，熟悉的身影越来越靠近，时间仿佛暂停。罗曼莉莎激动地喊出声来："达尔先生！"

男人止步，冷漠地望着她，眼里没有一丝情绪。

"好……好久不见。"突然而至的相遇让她喜悦万分，可是看到他不在意的神情，内心不禁阵阵刺痛。

"呵，以后也不会再见了。"达尔说完后便立刻转过身去，难受地向前走去。

"为什么？为什么突然会这样？索尼娅，到底发生了什么？"女人使劲地摇着索尼娅，伤心欲绝。

"该不会是因为吊坠，生气了？"索尼娅小心翼翼地开口。

"不可能。"罗曼莉莎眼里含着泪，当场晕倒在地，意识里，她听到了索尼娅焦急的呼喊声，似乎还有达尔的声音。

【罗曼莉莎的住宅】

达尔焦急地站在罗曼莉莎的床边。"为什么！她病了你们都不告诉我！"男人吼着。只有索尼娅暗想：明明是你自己不接电话。

"还有，妹妹，你为什么会在这儿？"

"我是罗曼莉莎的主治医生。"她淡淡地说，"我有话要和你单独谈谈。"

"什么事？"

"那封信是我写的，你知道我很会模仿别人的笔迹，我费了不少心思。"

达尔伫立在原地，又生气又惊喜。

"那吊坠呢？"

"假的。"女人从外套里掏出来光芒闪烁的吊坠，在达尔眼前晃了晃。"我想过了，我不会勉强你放弃的，因为真正的感情也不是他人能轻易干扰的。"

"你为什么要做这种事情，我差点要心灰意冷了！"达尔十分严肃。

女人却露出了更加严肃的神情："本来，我就是希望你能心灰意冷。"她叹了口气，"罗曼莉莎的病情如今已经无能为力了，只会越来越恶化，早晚会死亡。你还不如早点儿放弃。"

达尔面部僵硬，冰冷地说："谁不是走向死亡？我会一直陪她的。吊坠给我。"他说完便夺过了吊坠，在阳光下，吊坠显得格外璀璨。

达尔轻轻走向罗曼莉莎，将心形的钻石吊坠紧紧塞进了她的手心，温柔地亲吻了女人。

女人的心似乎受到了感应，她渐渐苏醒过来，轻声说："我爱你。"

达尔深情地注视着她："我也爱你。"

"我的病情怎么样啦？"

"放心，医生说了，你的病会慢慢好起来的，我会陪你度过余生。"

取面者

昨夜，我做了一个梦。只记得当时我满脸大汗地惊醒过来，恍惚间就忘得一干二净。在不安中，度过了最漫长的黑夜。

今天，我有些萎靡不振，胸口仿佛在一点点儿失去什么，又感到异常地不自在，好似有一把匕首在我颈部前紧紧威胁着。

作为一名咖啡厅小职员，平时只不过打打杂，记录一下订单，但我却对信息技术特别痴迷，所以还是一名网络黑客，很多事情都能从另一条不为人知的路解决。身边的朋友也个个都是"高手"，我们经常联络，时不时整出一些有趣的事件，我现在准备去会会他们。

咖啡厅左边有一个仓库，那是伦的密室。推开门，里面布局十分简单，一套桌椅一盏灯，一盆植物一幅画，没有窗户没有钟，仿佛与世隔绝。房子的四壁设计了特殊机关，只有伦和他指定的人才能顺利进出自如，其他人若擅自闯入，会落入地下机关，难以逃脱，或许是黑客的缘故吧，我对这些刺激的装置很感兴趣。

我熟门熟路地进入了地下室，里面是截然不同的世界，虚拟又变幻。我望见了前方那熟悉的背影，似乎消瘦了一点儿。他一直静静地坐在那儿，一动不动，无形中散发着危机感。我有点害怕，慢慢地靠近他，轻声问："伦，你怎么了？没事吧？"他猛地转过头来，黑乎乎的眼圈着实把我吓了一跳。"你……你看到了吗？"他说话都在颤抖，瞳孔里流露出无尽的恐慌。

"看到什么？"我有点蒙，说话的声音都虚了很多。"梦……昨晚，那个人……"看到了我的反应，伦的脸色变得有点难看。我什么都不记得了，没有什么梦吧……

"桑，你也梦到了吧？"他对着自己脚边瘫软无力的男人说道。

"啊，别说话，我要再做一次梦，见一见那个人。"他一脸不耐烦地说。

我伫立在原地，记忆顺着地板向我淹没过来，渐渐地爬上了我的身体，侵入了我的大脑。

夜晚，一片漆黑，咖啡厅里，只剩我一人了。我慵懒地整理着一切，突然响起一阵敲门声。

我没有回应，因为已经停业了，但不知道为什么，他已悄然地站在我身边，神不知鬼不觉，凝视着我。

"这位先生，今天已经打烊了，请离开本店，谢谢合作。"我没好气地说着，但依旧保持着平时的状态。

"把你的皮，给我！"他冷冷地说道，瞬间，空气都有些凝固。

"快点！不然我自己来取。"他说完便动起手来，向我逼近，我看到他的手里多出了一把匕首，紧接着，便惊醒了。

……

"你们也梦到了？"我低声说着。脑海里浮现起那把匕首，对着我的嘴。

"何止是梦到！"伦的眼睛变得十分无神，"我的皮，被他取了。"说完，伦从手心开始轻轻地剥着，过了一会儿，一副皮囊脱落下来。我惊呆了。一个十分衰老的老头子站在了我面前，他显得十分痛苦。

"就到此为止吧，今后，我想好好过正常人的生活，从前，那都不是真实的我。"他苦笑着，便起身离开了这里。想起过去我们一起盗取机密，还有点可惜。

一下子变得十分寂静。我走到了镜子面前，回忆着匕首的方向，是我的嘴。我小心张开嘴，摸到了一个像拉链一样的东西。不知道，这拉链里面的人，会是什么样子的。

自由鸟

凄凉的旋律飘荡在空中，重复地唱着同一首乐曲，深沉夹杂着痛楚，无力地向着四方蔓延，缠绕着黑色的影子。我呆滞地伫立原地，眼前不远处有一只身披无数锁链的自由鸟，它愤怒地、拼命地用那沾满鲜血的喙，狠狠地咬断着一根根带刺的链条，但断了一根，又长出了一根。它撕心裂肺地鸣叫着。尽管遍体鳞伤，仍然挣扎着，它的眼神傲慢且十分尖锐，没有一丝屈服，它身上隐隐约约的光芒让我不由自主地靠近它。

抬足间，无数阴冷的笑声环绕着我，庆幸没有完全覆盖那令人憧憬的旋律，紧接着，无数罪恶且张牙舞爪的双手亡灵般疯狂地一遍遍穿着我的身体，也许是我的举动触怒了它们，却无力反抗，因为我感觉到了背后更沉重的力量。一只可怖的手划向了我的双眼，只觉得视线在渐渐暗下去，在将要彻底一片黑暗之际，我看见自由鸟注视着我，眼里带着数不尽的怜悯与自责。我听到一声低沉的哀鸣。

一个梦呵，但那个眼神却在我脑海里挥之不去，我的心也在隐隐发颤。我揉了揉惺忪的双眼，面向镜子，竟看到了一道深深的疤痕，冒着点点血珠与黑色的毒液。一切就像刚刚发生过一样。我用白布轻轻擦拭着，它瞬间被侵蚀、消逝，我不禁倒吸一口冷气。不知哪儿来的勇气，我走到了外面，心还微微沉浸在恐惧之中，自由鸟的噪叫时不时刺激着我的大脑。紧接着，我发现自己的眼睛出现了奇异的现象。望着每一个路人，我看到他们体内蕴含着一颗水晶，还有不同程度的黑色气体和丝丝微弱的光缠绕着。我能从中感受到他们的情绪、想法及善恶程度、人性本质。这算是拥有了一双真正明亮的眼睛，只是每次读着水晶，就会产生一种被侵蚀的感觉。疤痕也会加深一层。尤其是黑色气体较多的，我能明显地感觉到眼睛在消失，被吞噬。

我看到的世界忽然肮脏了许多，也可以说是某些人隐藏得太好。但我好像因发现了这个秘密，正在被某种力量攻击着，被巨大的组织控制着。还好有那金色的希望之光抵消着点点黑暗，但并没有什么效果，只是给我增添着勇气，一种蔑视死亡的使命感。那些被黑气胁迫的人们，纷纷用怪异的眼神盯着我的疤痕，好像是一件非常可笑的丑事一般。我在心里也冷嘲热讽他们，在这双眼里，我特别排斥虚伪的小人，对于那些无辜被欺瞒、利用的可怜人，我也深感怜悯，愿这片刻存在的世界里，他们能向深处发出属于自己的呐喊。可是，那愚蠢又自以为是的势力，正在使人们堕落，夺去了我们的本心。我想击倒它们，让自由鸟能够展现出原本的璀璨光芒，再次用希望照亮着所有人的内心。但它被淹没了……独自硬战是无意义的战斗，壮烈牺牲也称不上辉煌，只是鲁莽罢了。还有一些人，他们看得清黑暗力量，却选择了一时的安然，生活在自己构造的世界里，丢下了无知人与无能人。

我的眼被一块水晶吸引住了，这是一块漆黑无比的石头。眼前的这个人是属于势力范围的，他看到了我非同寻常的眼睛，突然变得惊慌起来，他开始联络，随即一大批人赶了过来，都是黑色水晶。我的眼睛被疤痕的力量控制了，它开始疯狂地读着水晶，我也看见了渐渐透明的肉身，吞噬的感觉明明很难受，但在他们面前，我竟感到麻木。这些恶魔开始向我逼近，我也开始奔跑，在风中渐渐地消逝着，我听到了学校里学生们童真的声音唱着国歌，看到成年人看着新闻里政治的第一条，看到官员在威胁百姓，看到忍气吞声的男女在安度着人生……或许追寻安然并没有错，因为这是最好的选择，在这个地方。

终于找到了归属，我带着凄美的微笑，感觉到了前所未有的轻松愉快，与自由鸟重逢。它还是原来的模样，令人心寒，但我也感觉不到了。这里亮得刺眼，把所有的暗都赶得彻底，自由鸟俯下身，用温暖的双翼护住了冰冷、小小的我，我也踮起脚尖，轻轻吻了一下它的脸庞。

"我会为了所有人，战斗到最后，泯灭最后一丝黑暗，让光明属于所有人！"它坚定地说。

心　结

　　我知道自己在讲述一件不可置信的事情。这些年以来，很多事情一直尘封在我心底，成了隐隐压迫我的心结，让我对这个世界另眼相看。我心底明白，每当夜晚降临，这个世界将会充斥着另一种声音，带着仇怨、悲愤、不甘……以及宽恕。

　　一切改变我的开端，是十三年前，凌晨在 A 市西郊湾的一次偶然。

　　我出生在不知名的村庄，是一个朴实的青年。在人迹罕至的深山中，这似乎是一座苟延残喘的荒村。荒凉破败，弥漫着幽凉彻骨的气息。每家每户门口似乎都贴着各种稀奇古怪的符文图纸。土路上长满了杂草，老年人微微张开的口似乎在呢喃着奇怪的话语。那时候，人们普遍迷信，封建思想浓厚地蔓延在各个角落。我成了幸运地没有被"感染"的纯良之人，也成了最孤独的一个。为人正直、光明磊落的我似乎在这个阴暗的地方不受待见，就像我眼中晴朗的天空在别人眼里就是灾难的征兆一样。我曾试图悄悄地离开这个地方，却没想到这个村子看似散漫，没有灵魂得像是一盘散沙，但却戒备森严，每一个出生在这里的人像是受到了一种束缚，再也无法离开村子一步。

　　对于饱受冷落的我来说，日日夜夜沉浸在古怪的村子里简直就是心灵的反复折磨，我永远无法把这个地方当成一生的归宿，也相信自己终究能走出这里。日复一日，我厌烦地看着父母对着怪异的石像磕头求保佑，厌烦地看着村里人好心好意地送来各式各样的纸符。好在我有一个明事理的奶奶，她是我生活的最后支柱，也是唯一能懂得我的人，她和蔼的眼神，却藏着无尽的忧愁，奶奶心里好像一直藏着一些不可告人的事情，但我却无法向那个满脸皱纹、沧桑善良的老人提出疑问。

奶奶的房间里摆放着很多书，这些书似乎是来自荒村之外的，来自遥不可及的自由的地方，但我不敢问。她带我解读每本书的内涵，让我的思想不受村子的限制，让我对生活重树希望和乐趣，我对她感激不尽。我曾问过奶奶，为什么这里的人行为举止这么奇怪？奶奶却说，要尊重每一个人的生活方式，包括我，也要为自己而生活。我又问奶奶，为什么人们不能离开村子？我意外地看到奶奶往常平静的脸上露出了不可掩饰的惊恐，她的眼眸覆盖了无比沉痛的悲伤，我却愈加好奇。最终，奶奶无可奈何，轻声地跟我说，这个村子曾经是不存在的，她还说村子周围是一片幽深的竹林，曾经有几位青年试图在傍晚偷偷离开，但第二天清晨，就有村民发现竹林的入口也就是村庄的出口，静静地躺着那几位青年的尸体，死法很是邪乎，每具尸体覆盖了疯狂的女人的抓痕，似乎是在发泄怨气。这一事件引起了村庄强烈的恐慌，加强了一切戒备，再也没有人离开村子一步，相反，人们开始敬重鬼神，开始弘扬迷信。

我听完之后感到脊背发凉，但是没过多久就调整好了心态，甚至露出了轻蔑的笑容："奶奶，你知道的，这个世界不可能存在鬼怪，都是人们自己欺骗自己而已。奶奶，我不怕那些肮脏的东西，我们一起离开这里吧！"我的语气满是真挚，心里十分肯定奶奶会理解我，一如既往地帮助我。但出乎意料的是，奶奶的声音极为低沉，夹杂着一丝威慑性，她对我说："自己去吧。自己面对。"我愣了愣，心里猜测奶奶一定是上了年纪，不想再折腾了。我尊重奶奶的想法，虽然心里有一点儿落寞，甚至感觉自己只能孤身奋战了，但我无法埋怨照顾自己多年的老人，便自己收拾好了一个背包，放了一些粮食和水以及自己的积蓄，等待着夜晚的到来，也就是戒备相对松的时候。

太阳落山了，整个村庄陷入了宁静。我背着背包，踮着脚尖向村口潜行。头一次做不光明磊落的事情竟让我心里很是难受。来到村口，出乎意料的是，守岗的大汉已经呼呼大睡，鼾声似乎在嘲讽着想要离开村子的人。我深吸一口气，向着竹林大步走去，看过不少书的我，胆子很大，这就是知识的力量吧。进入竹林，全身被一种阴冷的感觉包裹，呼吸渐渐变得困难。离入口越来越远，背后的光亮变得模糊，直到一切似乎都被黑暗浸没。我的冷汗浸湿额头，内心产生丝丝动摇，但一瞬间又坚定了渴望新生的意志。竹林的深处隐约有什么声音传出，好像是脚步声，又好像是低吼。我强忍着大喊的冲动，心里开始懊悔自己的冲动，但又害怕惊动那个声音，只是紧握着拳头，忐忑地向前迈步。忽然，我察觉到了一个模样大概像女人的轮廓与我擦身而过。心里不禁越发地打战，传说，莫非是真的？

"救救我……"女人尖锐的声音传入了我的耳朵，一股凉气侵入了我的大脑，令我瑟瑟发抖。我假装淡定，忽视着女人的声音，但脚步声越来越响，我清楚地感受到某个东西在靠近。直到女人的手摸上了我的脊背。我鼓起勇气，歪头看向女人。脏乱的头发挡住了她的五官，那个女人透过头发缝隙打量着我，眼睛藏在头发底下，犹如黑黝黝的孔洞。我心情复杂，却又不敢喊叫，我清楚自己表现得越惧怕，这些东西越有可能伤害自己。女人幽幽地望着我，语气越来越恐怖："我在这里……救救我。""在你旁边，求求你……救我……"声音越来越响，但是却没有回声，只有我沉浸在恐惧之中。我谨慎地看着女人的身体，皮肤溃烂不堪，伤痕累累，像是长久浸泡在水里，被生物撕咬，心里竟然对她产生了一丝同情，即使她不是人。我开始猜测她前世的经历一定十分痛苦，才会如此的充满怨气。

　　我勇敢地直视着女人，她依旧嘶吼着："救我……救我……"我轻轻地问："你这样不断地求救，是不是因为前世遇难的时候没有人救你？"话音刚落，女人抿了抿嘴，似乎感到意外。"我能想象你曾经受过的痛苦，你的每次喊叫都是竭尽全力地想要抓住希望，可是现实却反反复复地伤害你，我很能理解你的感受，就像我曾经一直试图想要离开令我绝望的地方，可却一次次被抓回去一样。"我顿了顿，继续说道："也许当时有一个人伸出援手，你就可以存活下去……我不奢求自己能获得你的信任，只愿你能给我一次机会。让我帮助你，好吗？"我豁出去了似的，竟然向女人伸出了手。女人似乎有些动摇，但眼里还是带着杀意，不知是否该相信眼前这个人。"我……我身体烂了，不能走……"她说。"没关系，我背你。"我自己也不敢相信，自己会说出这种话。女人更感到不可思议，在纠结该不该杀我，片刻后，女人真的爬上了我的背，我身后一沉，感到无数的压力，但我感受到，女人身上的怨气消散了许多。我紧张地不断向竹林外走去，原本看似不见尽头的竹林，竟然五分钟就走到了出口。回头一看背后，女人已经不在了，却见地上留着几个血字："谢谢你，可是我离不开这片竹林。"我内心感到一丝温暖。紧接着，我见证了眼前，一轮金色的太阳向空中高高升起，我看到了神圣美丽的日出。

　　……

　　"第319号精神病人神志恢复。"一位身着白大褂的医生脸上满是喜悦。我努力睁开双眼，丝丝亮光映入眼帘。环顾四周，是熟悉的医院。身旁的病人表情痛苦，似乎在做着挣扎，而我已经醒了。

　　"319号，对过去有什么印象吗？"

　　"A市西郊湾，华桥坍塌事件，我……无视一个求救的女人，感到罪恶。"说完这些话，我内心似乎明朗了许多，感到不那么压抑。该面对的，总还是面对了。该解的结，总该放下了。只是，我对这个世界似乎有所改观……

生活味 (散文随笔) ◎

　　生活也许本身没有任何味道，就像一杯白开水，你加入什么味道，最后就是什么味道。

妙曼旃檀

——高山父女情

十二年前，最最宠爱我母亲的外公离开了我们。母亲很悲伤。世事无常，也让母亲开始了她对生命的一些新的思考。从那时起，母亲开始信佛。年少的我对于佛法自然是知之甚少的，也有一些好奇。于是，我经常会问母亲一些问题：什么是佛法？信佛到底信什么？母亲总会平和地告诉我：佛法没有人们想象的那么复杂，佛法引导我们的是寻找自我，发现自我，提升自我。我们平时的生活中要敬畏因果，珍惜缘分……

因为茶，因为佛法，五年前的春节，我们一家人来到了西双版纳。在那里，在雨林古茶坊，我们遇见了有缘之人高叔叔——他，是茶马古道的高山后人，是拉祜族，还是我和妹妹的"高兴"叔叔。

我们登上了高叔叔的老家——南本老寨，海拔为二千四百多米。那里完全没有冬天。满山遍野绿油油的，火红的木棉花挺拔地怒放着，我们的激情瞬间被点燃。走在林间，处处可见一些不知名的果子。放眼四周，森林密布，山丘绵延。当然，最吸引我们的就是古茶树林了。天然的茶香扑面而来，沁人心脾。微风徐徐吹来，我们分不清是梦是幻。站在古茶树林旁，云彩也似乎触手可及。你手一伸，也许就能扯下几片云锦来，那些美丽的少数民族姑娘穿的裙子难道都是云彩织就的吗？在这样的山上，很容易让我想入非非。

高叔叔热情豪爽。他和我们真可谓佛法中的缘分天定，仿佛是上辈子就相识似的。我们之间毫无距离感。他知道我的父母都是爱茶之人，是茶痴，于是他就把生长在这个神秘而又美丽的山头的一

生活味（散文随笔）

棵古茶树送给了我们家。他慷慨大方，又整天乐呵呵的，周围人给他取了个外号叫"高兴"，意为"他高兴待人"，人们见到他都会高兴的意思吧。于是，我和妹妹便改称其为"高兴叔叔"了。

"高兴叔叔"是茶马古道的后人，自然也是制茶高手了。他熟悉几百个甚至上千个山头的茶的特色，也懂得各寨茶民的心思。他还是西双版纳大型茶叶公司——"雨林古茶坊"的党委书记，也是古树茶原材料总监。我们喝到的每一杯雨林古茶，也许都有他温暖而又智慧的目光关注过。

因为茶，"高兴叔叔"又成了我妈妈的朋友。缘分之桥，越筑越宽，越筑越美，越筑越牢固。渐渐地，两家人越来越近。

"高兴叔叔"和我们孩子沟通的时间并不多，但他总是以他特有的方式关心着我和妹妹。他自己因为传统的身世原因，没有念太多的书，却经常关注我们的学习和成长。他想方设法在那茫茫的热带雨林中去寻找我和妹妹最喜欢吃的鸡枞菌和野蜂蜜，还给我们定制了拉祜族和哈尼族的漂亮衣裳。我和妹妹也听懂了他这些爱的语言。

"高兴叔叔"有一儿一女。大儿子高攀哥哥已经是育有一儿一女的年轻爸爸了，女儿高羽姐姐去年底刚成了家。听"高兴叔叔"讲，高攀哥哥从小比较活泼顽皮，如今已然是子承父业，成了勐海勐腊出名的古树茶原料高手。高羽姐姐则从小乖巧懂事，吃苦耐劳。

有一次，家里买回两个苹果，兄妹各分一个。哥哥先把自己的吃了，然后把妹妹不舍得吃、藏在书包里的苹果，趁妹妹睡着时也偷偷地吃了。第二天，妹妹发现后，却不动声色，不吵不闹——要不是哥哥主动坦白，也许"高兴叔叔"他们永远也不会知道呢。

如今，兄妹俩长大了，各自都成了家。"兄道友，妹道恭"，还是那样其乐融融。只是"高兴叔叔"聊起这些子女之事，坚韧乐观的他有时也会眼眶湿润、激动不已，眉目间饱含的更多的是他的那份浓浓子女情：大约"高兴叔叔"一是心疼高羽姐姐，二也是在感叹过去山上的艰难岁月吧……

说到高羽姐姐，"高兴叔叔"的眼神就会变得特别感性。现在，高羽姐姐也开始做茶了。他们的生活已经富裕了，古树茶也已是家喻户晓。按理生活是很美满的了，可我总觉得他对高羽姐姐有一份特别的牵挂和心疼。

原来，"高兴叔叔"自己内心一直觉得对高羽姐姐有些亏欠。高羽姐姐十二岁就离开家独自去昆明，后又去武汉。学业完成后去了广州工作。连续离家十五六年，而且难得回家和家人团聚。这十多年一个女娃离开家乡离开亲人，她承受的孤独和困难是可想而知的。然而她又很少向父母诉说。"高兴叔叔"的内心一定是万分心疼的。

高羽姐姐，是我认识的这个世界上最善良、美丽又温柔的姐姐。和她相处的时候，也总是见到她笑。她说话的声音也很温柔，不仅是语气，她的言语中也总是满满的善意。即便有人冒犯她，她也绝不会暴跳如雷，甚至也不会使用那些愤怒中的难听的词语。这让我无比惊讶。我母亲曾和她聊过一些她在外求学时的经历，也把我们对她这种过于善良的担忧含蓄地告诉了她。她却坚定地说，善良没有让她受伤。就是因为她从小坚持的善良和勤劳，让她度过了独自闯荡异乡的十多年。当然也遇到一些利用了她的善良的人，但是她总是以更多的善良来改变自己的处境。这让我想起了如今社会上流传的一句话：让我们的善良带点锋芒，带些棱角。高羽姐姐却让我明白：善良可以是纯粹的，可以是充满智慧的。这是一种慈悲，让人生起敬畏心的慈悲。

在广州，高羽姐姐认识了哈尼族的李杨哥哥。李杨哥哥也是从事茶叶工作。他是一位身材高大内心却很"萌"的哥哥，也善良好学。他们相爱数年，在去年年底结婚了。我们都在内心深深地祝福着他们。

可有时候，生活却会突然和我们开个玩笑。所谓的人生无常吧。

今年端午前两周，"高兴叔叔"来电，告诉我们李杨哥哥患了急性胰腺炎，送去昆明治疗，但效果不明显，情况危急。这无疑是晴空中的响雷。亲友们心急如焚。

在医院连续发出几份病危通知书的情况下，"高兴叔叔"和高羽姐姐却没有一丝一毫的放弃之意。他们一家人一边没日没夜地守在医院，一边千方百计地寻求救治之路。他天天和我妈联系，商讨各种可能性。他俩还制定出一条"科学和信念"相结合的救治方针，也就是说医疗上靠科学、精神上借信念，当时我们听了后好感动——后来，恰是这条方针给了李杨哥哥第二次生命的奇迹。一方面让家人不断为李杨哥哥祈福，让高羽姐姐不停地去他耳边鼓励，不管他在昏迷中能否听到。这是信念，这是爱的力量——醒来后李杨哥哥确定他是听到的，只不过他分不清是梦是真。另一方面，他们联系了全国治疗胰腺炎最权威的东部战区医院，并不惜重金用直升机把李杨哥哥从西南边陲送到了南京。真是所谓皇天不负苦心人啊。经过一段时间的抢救，李杨哥哥终于在死亡线上被唤醒回来。这或许是如山的父爱，最纯洁美丽的亲情，感动了上苍吧！

如今，李杨哥哥已脱险，但仍在住院治疗，期待他的完全康复。在此期间，高兴叔叔穿梭在南京的医院和雨林古茶坊之间，数月的折腾，身体明显消瘦了很多，可脸上透着的还是满满的热情和乐观，用他自己的话说，是他对女儿的那份"爱"支撑着他，是茶马古道的精神在激励着他。

对李杨哥哥的救治，其间的所有，我是无法用言语道明的。但我敢肯定地说，这是一段传奇，在雨林古茶坊，在西双版纳众多族人的高山老寨上，乃至整片云南边陲的红土地上，必将传为佳话。"高兴叔叔"、高羽姐姐这段浓浓的"高山父女情"也可歌可泣！

"高兴叔叔"为了表达对女儿的深情厚谊，还特制了一款"妙曼莎檀"古树茶，作为女儿的陪嫁。"妙曼莎檀"，此名系母亲师父灵隐寺觉亮法师所起。觉亮法师听完我母亲讲述的"高山父女情"的一些故事后，一天在大雄宝殿做早课，脑海中突然闪过此四字，他就记写了，并把此名赠给"高兴叔叔"。顾名思义，"妙曼"，是指妙龄女子，美丽善良，令人动心神往的美妙之感。"旃檀"，又名檀香，是一种古老而又神秘的树种，有"香王"之称，香气清新益远，还有着无比神奇的灵性。这些对高羽姐姐和古树茶，的确"名至实归"也！我记得《西游记》中如来佛封唐僧为"旃檀功德佛"，意指唐僧是品德非常高尚的佛。借用佛法来说，这是否也是对"高兴叔叔"始终不忘初心、品格高尚、坚忍不拔的肯定呢?！

如今的"高兴叔叔"觉得，其实他平时给予家人的时间并不太多，而把更多的时间给了古树茶，还有他的族人们。他是通过自己的聪明才智首先致富的人，可谓"古树茶王"了。他要带领乡亲们发掘古树茶的自然资源，他要让乡亲们过上幸福美满的生活。他已经洞察到要改变家乡贫困落后的局面，文化教育是基本。他要让乡亲们一改传统习惯和观念，认识到文化教育的重要性，感受到文化的力量。"高兴叔叔"干的可是脱贫致富的千秋功业。

我也将伴随着"高兴叔叔"的远景，走近拉祜族，走向雨林深处，开始我的计划，探索生命的意义。

家有"大师"

　　说起来，我一直是不敢提笔写我的父母亲的。

　　即便是现在，要写父亲母亲，我终究还是胆怯，就跟一个尚未识字的小小孩似的，不敢提笔。恨自己腹内墨水尚浅，恨自己脑洞中知识羞涩，怨自己远远还没有能力来表述父母亲给予我和妹妹的爱。

　　朱老师给我布置的作文命题，给了我写我父亲的勇气。我静静地回忆了过去，父亲非凡的身影在我心中涌现了出来……

　　我的父亲是名律师，多年前就在业界有了一定的知名度。他曾成功办理了好几宗在社会上颇轰动的大案子。他的同事都喊他胡大。在我们家人及朋友圈中，他有个"胡大师"的称号。一开始，我父亲并不乐意大家这么喊他。因为他总说如今社会上，太多人喜欢动不动就封自己一个什么"大师""博士"，其中一大堆人是徒有虚名，甚至有可能打着类似幌子行骗作恶。可父亲在内心里又始终追求真正的"大师"成就，因此，他坚持阅读，坚持写书法，坚持学习围棋，坚持太极……他在各方面的努力和自律让人费解，他就像个贪玩的孩子似的，沉浸在其中，专注学习。久而久之，他就适应了我们给他起的"胡大师"称号，他志在鼓励自己成为实至名归的"大师"吧。

　　我家是四口之家。我还有个妹妹叫胡晚君。我随母姓陈，和妹妹同名晚君。初来我家做客的朋友对我们姐妹的名字都很不解，大多以为是我母亲过于强势吧。可事实上，当年父亲是为了遂我已故外公的心愿而主动要求我随母姓的。而我母亲感动于父亲的孝顺，执意在高龄时，又勇敢地生下妹妹，只为家里还能有一个姓胡的孩子。父母亲的感情之深可见一斑！为了表示他们对我和妹妹相同的爱，他们又不听长辈之劝硬是给了我们同一个名字。直至现在我才有点回过神来，其实我的父亲是在我们姐妹取名这桩事情上大大地和我母亲秀了一回恩爱。他想告诉我们的就是"我中有你，你中有我"吧！

在平常的日子里，我们姐妹和"胡大师"俩向来是没大没小的。他从来没有大律师的那种威严。我们常常互开玩笑，相互起外号取乐。我和妹妹曾经恶作剧，给"胡大师"取了"光头强"的外号，我和妹妹演绎熊大、熊二，父亲还以为"光头强"是个什么厉害的角色，和我们玩得不亦乐乎。后来母亲告诉我，其实我父亲完全知道"光头强"是何许人也——但他装作浑然不觉，只为逗我们开心一乐。

"胡大师"对我们的爱有时还很没"原则"。每回他单独带我和妹妹外出时，总会偷偷给我们买冰激凌之类的"违禁品"。看我们吃得开心时，常在一旁认真叮嘱"回家千万别告诉妈妈哟"。但好玩的是，一到家他总是最早向母亲坦白的，我和妹妹也会毫不保留地向母亲大人"自首"。此时，我母亲都是假装生气地、装模作样地给予我们仨温柔的批评教育。完了一般还会给我们一个拥抱和微笑以示对我们仨的宽大处理。

父亲是名大律师，按理说"吵架"应该是他的专业，可是父亲在家里的"争吵"中总是处于弱势。他经常感叹自己在家庭里地位"低下"，属于绝对"弱势"。可我们从未从他的感叹中听出什么难过、失落的情绪，反而倒是透着幸福，甚至有些小得意，就连那一声叹息也是甜蜜的。有一阵，我母亲兴致大发，在家里动不动搞个"晨会"或"例会"。就是抛出一个小题材、一则新闻、一个小故事、一个成语什么的，让我们全家一起来讨论，大家可以畅所欲言，无所顾忌。这时候，我父亲的睿智就会有用武之地。他在这样的讨论中往往会出彩。无形中展现了父亲大律师的博学机智，能辩善解。连我母亲也会情不自禁地对他小小夸奖一番。通过这别样的沟通，我们认识到父亲的另一面，不是那个平时在我们孩子面前表现出的可爱的"傻样"。他博古通今，知识面极广，同时他又富有正义感和同情心。博览群书让他的思维始终保持年轻态，充满活力和激情。我和妹妹也会由衷地唤他一声"胡大师"！

当"胡大师"的辩才单独遇上母亲时，他是永远都占不了上风的。我们懂事起，从未见过父亲母亲吵架，但他们经常会围绕生活或工作上的某件事展开激烈辩论。我母亲毕竟也是经贸大学毕业的高才生，辩论难不倒她。可父亲毕竟是"专业辩手"，母亲稍有不慎就会掉入父亲设下的"陷阱"。这时候，我母亲会亮出她的"撒手锏"——她反应敏捷，应变能力极强，马上调整自己的位置，坐上"女法官"的席位，"拿腔捏调"像模像样地直接下起判决书："本院认为……证据不足，观点不予采纳，诉求不予支持。此判决为终审判决。如有不服，不得上诉。"面对如此霸道的"判决书"，"胡大师"每回都是毕恭毕敬笑纳。我们戏问父亲大人：服不服？父亲大人答：不服也得服，赢了会输得更惨哪！然后我们全家人哈哈哈哈一阵大笑。

写到这儿，我耳边仿佛真的传来了"胡大师"特有的欢笑声。

在这个家里，我们拥有的是大开心、大幸福，我们四个人的心是一直跳动在一起的，幸福是永恒的主旋律。

这么多年来，"胡大师"最喜欢问我们的问题有两个：

"宝贝们，幸福吗？"

"幸福啊，幸福啊！"

"宝贝们，咱们的幸福指数高不高？"

"高！很高很高！比天还高呢！"

接下来，"胡大师"便会要求我妹妹唱"旺旺狗、旺旺狗，我是爸爸妈妈的旺旺狗……"

我的外公

我的外公，走了已十年了。外公离去的时日，恰是我妹妹的年龄。当时，我母亲已是大龄妈妈，为了遵从我外公遗愿，她勇敢地在外公离世的同一年的年底，生下了我那可爱的妹妹。

如果写一篇关于外公的小传，周末时间显然是不够的。即便如此，我也还是想凭着我幼时的记忆，还有我母亲平时与我们讲述的关于外公的故事的积累，写一篇不算小传的小传，也以此来纪念我的外公离世十周年吧。

先从我外公的姓名说起吧。我的外公名叫陈品芳，是他的祖父所取。没错，确实是草字头的"芳"，而且我外婆的名字中也有一个"芳"字，应该是缘分吧。关于这个"芳"字，母亲告诉我，她小时候曾经多次自作聪明地把外公的"芳"改为"方"，她觉得女性才能用草字头"芳"呢。当然，我母亲长大后，渐渐明白了外公名字的含义了（这个待会再述）。

按传统意义讲，我外公是位"苦命"人。他七岁就失去了自己的亲娘。后来他父亲给他找了位后妈。他的后妈也谈不上如何如何苛待他。可生活在那个困苦的年代，就算吃顿饱饭也是一种太高的奢求。他经常饥一天冻一天地过着。好在他还有书可以念，这确是大幸事，精神的食粮使得我外公一直乐观着，在黑暗中寻找黎明。外公的祖父是大财主，好养白马好读诗书，因此家风中读书是最讲究的一件事。到了我外公那会儿，虽说家道败落，时局动荡，但我外公坚持学习，使得他父亲硬着头皮供他念完了中学，真是实属不易。

中学毕业，我的外公就不得不自寻出路了。他的后妈当初改嫁过来时还带了一串孩子过来，我外公的父亲便再也无力顾及他了。这时，我的外公报名参了军，入了部队。说他"苦命"，然而他却也是位有贵人相助的福人。听说他入伍体检时，被查出双脚底板是平脚，不符合部队行军要求。我外公当时灵机一动，展示了一些小才艺，比如他会吹口哨，吹出一支动听的曲子；会吹口琴，一张嘴，配上一双手，能吹奏出交响乐般的旋律；还会变小魔术呢。这些技艺也不知道他是如何琢磨出来的，完全无师自通。招兵的干部军人当时一下子就被我外公打动了，就这么神奇地为我外公破了例。

自此，我外公的命运开始奏响了新的乐章，可以说是"春天来了"！

到了江西的某部队，我外公勤学苦练，被选入了文工团，参加全国巡演，获得了好多荣誉，同时也收获了一个外号"呆子"。而后他转业到了江西硫黄矿厂，这是一个大型国营地质工厂。他在那里工作了近三十年。母亲说，她大学时期，假期去看望外公，到处听人喊：快来看看啊，"呆子"上大学的女儿来看他啦！当时我母亲相当害羞，"呆子"长"呆子"短的，到底怎么回事呀？从部队到工作单位，数十年喊外公"呆子"的人越来越多，人们似乎早忘了他有自己的本名呢。

这时，我不得不为大家解析下"呆子"背后的含义。呆子，顾名思义，也就是傻子差不多的意思吧。但我外公这个"呆子"后面蕴藏着一股强大的能量，有温度，有爱，有欣赏，有肯定，似乎在述说这位"呆子"傻得可爱，傻得伟大，傻得无人能比，傻得美丽。因为他从不计较个人得失，为人慷慨大方，善良包容。他一直担任工会主席，和我外婆分居两地，一心扑在工作上，工作之余还要默默地帮助他身边的同事朋友们，谁家有困难他就会出现在谁家。因此，他得名"呆子"。在生活中，他还有一些与这名称不太和谐的爱好。比如"下象棋",比如"打桥牌",在单位的每次赛事中,他几乎都是冠军,永远的冠军。按理说,人们总不应该再称他为"呆子"了吧?可实际上,喊他"呆子"的人越来越多,人们喊得越来越响亮了!因为他们觉得这才是他们喜爱的"呆子"。大约所谓大智若愚吧!

随着母亲大学毕业,创业成功,外公一度又成为他朋友们羡慕并且津津乐道的对象。他们觉得,外公因为"呆",所以有福。因为"呆",所以拥有了幸福美满的家庭。

母亲参加工作后,就给外公办了提前退休手续。外公回到了浙江,回到了外婆身边,过上了平和的退休生活。

由于幼时的困苦、少年时的磨难和后来的苦干奔波,外公的身体被过度透支,过早损耗。在退休的十多年中,他又为村里做了大量的好事善事。在他68岁那年,体检查出患有胃癌,并已扩散。这就像是惊天巨雷,炸得我们一家人心碎了一地。我的父亲母亲很快坚强起来,拾起信心,带着外公到处求医。母亲因此停止工作近一年时间。每日去医院陪伴,费尽心思。无情的病魔还是毫不留情地带走了我的外公,让所有喊他"呆子"的人都痛惜伤心。我的母亲哭诉着:父亲啊,任凭女儿有多么爱你多么心痛不舍;任凭女儿有排山倒海之力;任凭女儿拥有千军万马;任凭女儿有富可敌国之财,父亲,女儿怎么也无法对抗死神的到来!

外公就这样到这世上走了一遭。外公的离去,让我们全家人开始认真思考无常,我的母亲也从此开始信佛。

虽说外公是被死神带走了,但我们家人一直都觉得外公并没有走远。我母亲也说,一个人的死亡含有多个层次,只要他的"呆子"精神还在,只要这个世上还有很多人在记着他,念着他,那他就根本没有真正地死去过!

大家别忘了,人称"呆子"的我的外公,他还有一个他祖父给他取的名字"陈品芳"呢。现在我再来讲一讲我的外太太公当时取名的美好寄愿：芳香其中，谱华彩之章；沉淀于里，博厚积之志。原本外太太公是想为我外公取名"陈芳里"的，后来一想，人生之芳华，不论男女，最重要的是会"品"，也是禅或悟之意吧，因此定为"陈品芳"。

外公，我亲爱的、可爱的"呆子"外公，您洒下的一路芳华，我们一直都在细细地幸福地品味中……

冬至纪事

自正月以来阴雨连绵。端坐书屋，抬眼往窗外望去，雨丝如烟如雾如梦如幻，密密斜斜地织着。母亲也经常望雨慨叹，慨叹"问世间，'晴'为何物？"我同母亲讲，眼下正是"雨水"节气呢，只不过今年的雨水着实多了些。即便如此，这样的天气还是有些诗意在的。

这"雨水"让我不由得翻起了"二十四节气"的诗词歌赋，又想起了余世存写的《时间之书》。心中既叹服古人对于时间的精妙感受，又惊叹文字的美和力量。中文处处能用诗词来表达科学，这一点，世界上其他国家是望尘莫及的。小学时，我就背过《二十四节气歌》。那时我根本还不能理解何为"节气"。只是觉得这些是很深远的传统文化，里面定是蕴含着大智慧——因此背诵后的心里也有些扬扬自得的，感觉自己胸中之墨水又多了那么几滴呢。

随着年龄的增长，二十四节气的不断交替、更换、轮回，我对这些节气慢慢地熟悉了起来，尤其是"冬至"。

民间有一种说法："冬至大如年"。每到冬至日，家家户户都要做"冬至米粿"，备好丰盛的酒菜，整齐摆满一张大桌子。家人们按辈分长幼有序排列，手持清香，跪地磕头，行拜祭先祖的大礼。场面十分庄严。晚辈们的孝心、敬意、虔诚，都在叩拜中表达……

说来也是让人不解。冬至对我母亲而言，它又被赋予了另外一些我们平时无法想及的情愫。那就是梦，冬至夜的梦。

外公走了十余年了。母亲和外公父女情深，但外公离去后，母亲却极少梦到他。痴痴思念外公的母亲常常和我们念叨，希望自己能在梦中见到外公。可是，外公似乎不愿意梦中造访，也许他是不愿打扰母亲吧。母亲告诉我们，外公走后的第二年冬至，母亲第一次梦见外公。母亲很是激动，她说她在梦中迫不及待地抓住了外公的双手，结果她发现外公的手冰凉冰凉的，心疼外公的她，未等外公开口，就从梦中惊醒了。

这个冬至夜的梦很短，就这样刚开始就结束了——但梦醒后，母亲却是彻夜未眠，母亲说，那一夜，她才明白：为什么人们说冬至夜是最长的夜——这个长夜，带给了母亲很多思考。这个长夜，帮助了母亲真正成长，再次理解何为孝敬、宽容、感恩和慈悲，也让她开始用心思考无常。

于是，每年的冬至夜，母亲便多了一个等待，多了一分期盼。令人惊奇的是，虽不能每年冬至夜都梦见外公，但外公如果要来，总是会选择冬至日。

去年冬至夜，繁忙的母亲抑或是忘了时日，梦却来了。这一次，她梦到了和外公一起生活在老家的旧屋里。现实中，那间旧屋早已被拆除了。随着新农村建设的推进，那里早成了一排花园小洋房。梦毕竟是梦。这一次，外公在梦里修建旧屋，母亲则在一旁劝阻，他们争执不下——母亲心疼自己的父亲，外公则不舍旧屋。他们就这样在梦里吵了一夜。醒来后，母亲告诉我们说这是一场最"幸福"的争吵，幸亏冬至夜很长，所以梦也很长。她说外公一点儿也没变，还是那么乐观豁达，还有梦里的自己，也完全是儿时的模样，在自己父亲面前撒娇任性，幸福无忧，只是她后悔在梦里和外公顶嘴——说着说着，母亲又流泪了。我们轻轻地拥抱着她，心里想：这泪水，应该是"悲喜交集"吧……

母亲的这些冬至梦，如果不是我们亲人在身旁亲历亲闻，着实是令人难以置信的。这加深了我对"冬至"的好奇。冬至乃阴极而阳生。伟大的古人们，他们不仅为这些节气赋予科学，他们同时还赋予这些节气人文情怀，赋予诗意，赋予禅意，赋予了华夏民族的魂！

冬至，在我国传统文化中还属吉日，是二十四节气中最早制定出的一个。冬至时，各地都会有些庆祝仪式，最常见的是做饺子。据说起源于东汉医圣张仲景。他曾在长沙为官，告老还乡之时恰是大雪纷飞之际，寒风凛冽，他见到南阳百姓衣不遮体，耳朵都冻烂了，心里难过至极。于是命人搭起医棚，做成一种"驱寒矫耳汤"给老百姓服用，服后，乡亲们的耳朵都好了。后来，每逢冬至，人们就会做些形状类似耳朵的食物来吃，称为"饺子"或"扁食"。看了这传说，我又不禁感叹古人的智慧和善良，忧国忧民的为官精神，也随着这些节气代代传承至今。

此刻，我想起了苏东坡的《冬至日独游吉祥寺》：井底微阳回未回，萧萧寒雨湿枯荄。何人更似苏夫子，不是花时肯独来。好一个"不是花时肯独来"！世间万物，何处不是美景?！我想着把这首诗同我母亲分享。本是意欲同母亲分忧的，终究是我还少不更事，欲说还休。只盼着自己成长路上，多学习传统文化，多明白世事沧桑，如此，我便能懂得母亲的冬至夜，也许能入她的梦里，在漫漫寒夜中握住她的手……

不速之客

八月初的一个夜晚，窗外异常寂静，月色不再朦胧，树影不再婆娑，没有繁星点点，没有微风习习。夜凉如水，我庆幸自己有满屋的温暖，能够幻想美好的事物来平复心灵。

"砰！砰！砰！"听到三声响亮而沉重的撞击声后，我条件反射地快速站起，不安感浪一般涌上心头。"啊！妈咪——姐——快，快来呀！"妹妹焦急而颤抖的喊声从洗手间传来。我二话不说，壮着胆子，飞快地冲去"营救"，父母亲也立马赶了过来。妹妹脸色发青，扑到了妈妈怀里，手胆怯地指向洗手脸盆下方的柜子，战战兢兢地说："柜子里面……有……有东西！"

"我也听到了'砰砰砰'的声音。"我赶紧附和。

"难道会是什么动物躲在里面？"妈妈担忧地说。

爸爸拿来电击手电小心翼翼地打开柜子，检查后什么也没有。

"奇了怪了，怎么会没有呢？"我暗自纳闷。

气氛凝固了，大家凝神屏息，用眼睛搜寻着，用耳朵静听着。"砰！砰！砰！"又是三声撞击声，而且着实吓了我们一大跳。

爸爸不耐烦了，用力拍打着墙壁，大喊着："出来！出来……"果然墙里面发出了动物逃窜的声音，随之而来的是"喵！喵——喵！……"的猫声嘶力竭的叫喊。

大家这才恍然大悟，原来是猫在墙里面。

"猫怎么会在墙壁里面？"我感到非常奇怪。

爸爸如是说："这是轻钢结构的别墅，墙体很多地方是空的，所以平时小松鼠会从烟囱等气眼里进入房子，然后会在天花板上一扫而过，它们都会自动跑出去的。"妹妹从恐慌中回过神来惊讶地问："那这野猫怎么会在里面呢?"

"就是嘛，这野猫到底是它自己进去的呢，还是不小心掉进去的? 我们应该通知物业派人把它弄出去。"妈妈说。

爸爸却说："现在天色已晚，就算物业派人过来也很难检查到猫是从哪里进入的，不如我们暂且不要管它，如果没有动静了，说明野猫自行离开了，如果野猫还待在此地，那说明是掉在墙体里凭它自身的力量是离不开了。我们不如静观其变吧。"

"那它会死在里面吗?"我同情心开始泛滥。

"那你放心吧，传说猫有九条命，生命力极强，不会那么轻易死的。"妈妈解释道。

就在大家七嘴八舌议论的时候，野猫在墙体里发出更大的动静，似乎是它拼命地往上蹿，结果无济于事还是掉了回来，还发出凄惨的叫声，仿佛是在求救。上天有好生之德，我的怜悯之情再次油然而生。至此大家认定野猫是困在墙体里面了。

"我们该如何帮它解困呢?"我担忧起野猫的处境来，毕竟它是一条生命，况且野猫们也的确为大家做了一些好事，自从野猫进入院子后，那老鼠便不见了影子，它们长得也不赖，色彩斑斓，特别是眼睛一闪一闪的，非常有精神，所以平时仿佛像雄赳赳的小老虎似的替你在门口站岗放哨，为我们增加了不少生活情趣。爸爸拨通了物业的电话，但物业的人员解释说，这要等到明天上午由专业的公司派出专业的人员来处理。

这个不速之客的到来，而且是以这样的方式，着实让我们大费周折，不仅它自己在苦苦地为生命挣扎，而且让我们全家替它折腾不休。妹妹说它饿了，是不是该设法替它解决温饱问题。爸爸在寻思它是怎么掉进去的——因为这次掉进去的是野猫，还好说，万一下次掉进去其他可怕的凶猛的动物，该怎么办？妈妈天生佛心，祈祷它在里面平安地度过这个劫难。我更是一次次地来到墙体旁侧耳倾听它的动静，里面寂静无声我反而担心，不时地从里面传出几声轻轻的"喵喵"声我才会感觉心中踏实。

第二天上午，专业公司的专业人员带着一些专业工具来了。经过很长时间的检查观察分析，他们也搞不清楚这野猫究竟是从哪儿掉进去的。对我而言，这当然并不重要，当务之急是如何把它救出来，还它自由。最终，专业人员用专业工具从墙体割开了一个不大不小的洞，可受到惊吓的野猫反而不肯出来，估计它还没有体会到人间的真情，它毕竟是动物吧。从伸进洞内的手机拍到的视频来看，它蜷缩在角落里，看起来萎靡不振，但眼睛还是那样的闪亮。我建议用鱼干放在洞口把它吸引出来，果然，它嗅到了梦寐以求的味道，便情不自禁地钻出洞口，一口便把鱼干叼起，在众目睽睽之下，不慌不忙地跨出门槛，然后潇洒地飞跑起来，隐入到马路边的丛林之中去了。

不速之客恢复了自由，但愿它能吸取教训，不要重蹈覆辙。我清楚地记得它是棕色的，长有斑马纹，体形酷酷的，在众多野猫中，我一眼便能认出来。

我现在也经常能看到它在我家门口徘徊——莫非是为了寻旧，有时，还与其他野猫嬉戏打闹或觅食……

过　节

　　岁月不居，时节如流。弦歌不辍，薪火相传。年岁的车轮声，在节日里会显得格外鲜明。

　　开学前夕，我的外婆来了。这次和往常不同的是，她老人家不是路过"巡视"，而是答应来长住些时日。陪同她一起的，还有她的小妹妹——我们的小姨婆。自从我外公去世后，我外婆一直和她妹妹一起生活在老家，她高兴的时候就会来杭州小住。

　　她们的到来，让我们家的这个中秋真正有了过节的味道。

　　以往，父母总会在节日里回老家探望长辈，我们有时随同，有时只能选择留下做功课。外婆和姨婆的到来，改变了节日的温度……

　　最近，母亲充满了少有的孩子般的开心。她在家里的角色由家长变成了孩子。我们也感受到了她被呵护的幸福。外婆经常会让她吃这吃那，不仅关注她的起居生活，也关心她的精神状态。外婆还经常给我母亲发出一些该做什么别做什么的"指令"。这个中秋节里，母亲和我们一样成了"宝宝"。

　　中秋之际，好多亲戚来串门——有好些亲戚都是冲着我外婆来的。家里充满了家乡话的谈笑声。母亲在这个节日里不再是操持的主角，而是成为一个纯粹开心过节的孩子。外婆甚至还说要给我母亲发红包呢。长辈们对我母亲的宠爱，第一次深深地触动了我和妹妹的心。我们也感受到了亲人们对我母亲的疼爱，言语中饱含着对我母亲的不舍，不舍她少小离家求学，不舍她年轻时闯荡世界，不舍她对家人的倾情付出，不舍她为了我和妹妹的每一日牵肠挂肚……母亲面对所有的这些宠爱，顺从平和地笑着。在她平静幸福的笑容里，我第一次体会出母亲作为孩子度过的这个节日的味道。

我也不由得心疼我的母亲。母亲在这个节日里说了：有妈的孩子是个宝。透过母亲的眼睛，我读到了里面的辛酸、甜蜜和感动的交织。

我的外婆和姨婆都是美食高手，随便一做，各式家乡美食就一一呈现在我家的餐桌上。我们和亲戚们一起共度佳节。节日的味道在整个房子里弥漫，整个假期都笼罩着一种别样的开心。

我母亲在朋友圈发了一条心语：

又是中秋时节。阴晴圆缺都休说，且喜人间好时节。好时节，愿得年年，常见中秋月。祝君团圆人和合，幸福皎洁如明月。

今年的中秋，月是分外明，情是格外真。

话清明

清明来临，望着窗外霏霏细雨，心中微微荡起了涟漪。此时，总觉得空气中有冷风从四面向身体包裹而来，就会感到丝丝不踏实。由于各种因素，我与妹妹已有两年未回故乡，今日，心中依然有所牵挂，并且更是浓郁。带着无法言喻的情绪，我们一家围坐着，话清明。

我的老家在清明时节一切都围绕着祭祖扫墓活动进行。首先，家里的亲人会提前十天半月先行上山，把墓地及四周的杂草等清除干净。待在家里的家人们则会早早扎些纸花，五颜六色的，还配上长长的飘逸的纸带。清明当日，挖一个小草坪培在墓顶部，再把花扎一树枝插上。春风吹来，纸带飞扬，你从远处看，花儿是鲜活的。每一阵风过，都似怀念之情在吹送。

然后，人们要准备一桌极其丰盛的美食。可以说是用尽心思，其中必不可缺的就是清明粿子，用艾叶加糯米做成，有些包雪菜笋丝和肉丝，有些则是甜的。做成各种式样，用模具印出很多图案。这些图案是纪念，也是一种阴阳两界无声的告白。大部分人家是在家摆席祭祖，而我外婆家的传统是把所有美食水果搬运到祖先的墓地前堂。祭礼一般由长者主持。我的外婆一般的开场白都是："今天是某年清明，晚辈引领某某某一众人前来祭拜，感谢祖宗的庇佑……"言毕，再虔诚地三叩九拜。行过祭礼后，大家都会把美食开心分食，以庆祝祖宗庇佑的幸福生活。外婆还会在墓地给所有前来祭拜的亲人发红包，以感谢大家的孝心。也许因为外婆的红包，每年来祭拜外公的人特别多，我们内心也很敬佩外婆的为人。因为她知道我外公最是好客爱热闹之人。

最后，清明节的晚餐也很隆重。因为所有出门在外的游子都会在清明节赶回家乡。这时候你可能会遇上连春节也未必能见上的亲友。大家在自己的家乡高声用家乡话拉家常，一切都是那么自由自在，因此清明也是大家齐聚的日子。过完清明，各自再出发，再向心中的目标出发。

清明是一种乡愁。有些人长大回家，恍恍惚惚地思考着家乡的定义——回首使你越清晰，向前走使你越坚定。像我们这些未经风雨的少年，却想着向远处行走，似乎越远就意味着越成功、越独立、越光明……殊不知，多年以后，故乡已成了心心念念的向往之地，那个一切的开始，寄托着初心的地方，是最质朴的庇护所。

清明节，即使我们未回家乡，但祭拜却可以在心中进行。那是将孝字在心境中静静领悟的过程，也是我们最真挚的祈祷，同时激起着一种信念，明确心中的方向。母亲说了：起心动念，慎终追远……

听，记忆中的沉默声

　　每个人的童年都有着不同的乐趣，其实童年本身就具有光辉和色彩。在这个大脑无限运转和幻想的"黄金"之际，"愿望种子"也随着喜、怒、哀、乐潜入了"家家户户"。扎根较深的梦往往是些荒唐、沥尽无数人的心血才能脱掉"不切实际"的外套的天真幻想。而我却有一个平凡、针对那时的自己又难以实现的期望，有些同伴听到后甚至会忍俊不禁，更过分的，还自作聪明地指责我没有那些所谓的"远大志向"。其实我的大脑里也和他们一样装着些稀奇古怪的东西，只不过它自动把"次要的"推开，将我最想解决的问题提至"首位"——如何热情地与朋友玩耍。

　　小时候，父母经常陪我去公园玩。于是我成了那里的"常客"，但恐怕也是最古怪的一个。

　　坐在公园那熟悉的长椅上，我望着一群小孩嬉戏的背影，顿时觉得自己十分寂寞，可长椅上好像粘着胶水，把我紧紧地粘住了，令我寸步难移。我总觉得他们是故意出现在我的眼帘里，上演着一出出戏，还勉强我做他们的观众，却毫不顾及我的感受……各种各样的想法大排长龙。在我特别需要清静时，他们的笑声不肯罢休地挤进了我小小的耳朵，旁人听起来可能是十分天真可爱，可对我来说似乎是浓浓的讥讽味，一种难以言喻的情感便涌上心头，我如坐针毡。

　　妈妈与我心有灵犀，她看透了我的心思，便积极地把我拉到了那群孩子中间。他们停止了嬉戏，用一种奇异的眼神呆呆地看着我，见我无动于衷，眼眸里的疑惑又加深了几分。对我来说，那小小的眼神仿佛有着怪兽的威力，至今都记忆犹新。

气氛凝固了。一秒，两秒，三秒……一分钟。我额头上冒出了一粒粒晶莹的汗珠，我在心里默默地祈祷他们能将注意力从我身上转移。我抬起头，探视的眼神对上了那一双双坚定又若无其事的眼睛才彻底打消了刚刚的念头。

金灿灿的阳光洒在我娇小的身躯上，却显得格外炎热。我想总不能一直僵持下去吧，要不我主动一点儿试试看，对他们微笑一下?! 我抱着胜券在握的心理顺利计划着完美的打算，事实上当我迈出了第一步，心随之又虚了下来。

我知道自己做了一件愚蠢的事情，也知道了如果有第二个愿望那就是"时光倒流"。那群小孩原本平淡下来的神情又顿时变得光芒四射了。"我……我想……不不……你……你们……继续玩吧……再……再见!"我颤抖地留下了这句莫名其妙的话，便飞也似的奔跑起来，在他们的视线里越来越远，越来越远。

当他们离去时，我再次回到了那把长椅上，用手捂住了张大的嘴巴：天哪! 我都做了些什么? 和他们玩耍有那么难吗? 难道我和他们不是一个世界的吗? ……我沉默了，陷入了沉思之中。我觉得没有朋友一起玩耍比"坦塔罗斯之磨难"还要难以忍受，我浑身沸腾起来，此时此刻的我仿佛已置身在茫茫大海之中……

此事后，我的心情一直处于忧郁之中。但不久，家里来了两个"小客人"，他们引起了我的注意，也改变了我的现状。妈妈告诉我他们是我的表妹和表哥。

初次见面时，我仿佛看到了镜子里的另一个自己，不，是两个自己，他们和我一样，都把害羞写在脸上。起初我并没有考虑该如何与他们交往，而是暗自窃喜：终于遇见了同类人。我们一起沉默，谁也不愿意打破这份"和谐"。那时我心里已经认定了这两位朋友，并发誓绝对要珍惜这份美好的友谊。

　　我们在时光的流逝下，跨过了卢比孔河，将内心封锁已久的阳光、开放、自信、活泼自然地展现了出来。我们现在的"沉默"与曾经的"沉默"已是天壤之别。生活中，玩耍中，我们总是在沉默中考虑如何让大家快乐起来，如何让珍视的友谊永存下去。我们的心灵在沉默中奔放。

　　……

　　我再次来到那个熟悉的公园，再次来到那群孩子跟前。此时我已不是孤身一人，也不再是曾经的"自己"……

小院初冬即景

按说大雪节气已过，该是实实在在的冬季了。可是江南的冬天就像是孩子的心情似的，起伏跌宕，难以捉摸。虽不敢想北国风光，千里冰封，万里雪飘，最近一两周总让人产生对季节的疑惑呢。

院子里的银杏树，可谓是季节的植物日历本。一年四季，银杏树总是那么尽职地站好每一季的姿势。我家的大银杏树态度最是诚恳。赶在大雪节气前就抖完了身上最后一片叶子，以它化石般的坚强在冬季里默默静候春天的脚步。而其余两株小银杏树的叶子却还顽强地继续呈现它们金灿灿的温暖，映衬着银杏树旁的一棵红枫，它们仿佛在告诉我们，即便冬日已来临，我们的心还是可以始终保持其他季节的温暖。

泳池旁边，明显冷清了许多。记得前几周的周末，我和妹妹在书房学习，还经常会被泳池边上一群又一群的不知名的小鸟分神。它们更像是这个院子里的主人，自在悠闲地在水边走来走去，有的还经常下池子里戏水追逐，完全忽视了我和妹妹的存在。近日来，那群长尾巴鸟不见了踪影，那群整天叫着"好哇，好哇"的鸟儿也悄无声息了。我想，它们的暂时离去也是意味着冬季已然来临吧。

暖冬里，有时也会冷得让你措手不及，尤其是早晨。忽一日晨醒，往窗外望去。草坪上似乎盖了层晶莹的白霜，很朦胧的感觉。我小时候经常误以为是前一晚上下的雪呢。这样的日子，哪怕艳阳高照的上午，你也觉得冷。院子里好不容易开的数朵月季，也会让这样的霜打得垂下头来。这样的早晨，母亲总是会去院子里探望这些零零星星开放的花朵，她总是说花能听懂她的语言，而她却还猜不透花的心思。

虽说"初冬天气暖，小似立春时"。可冬天终究是冬天，我家院子里大半的树木已经落叶了，显得院子里空旷了许多。不过，午后时光，我的外婆和姨婆总是会坐在院子里晒太阳，拉家常，她们从容地用家乡话聊着聊着，给冬日的小院又增添了往日所没有的热闹。

其实冬天就是这样。该落下的叶子自然要落。那些常青的松树和桂花，自然还是挺拔和茂盛着，风雪也奈何不了它们。

我喜欢冬天，有落，也有起。没有冬日的寒冷，我们如何会在温暖的春风里感动呢?!

桂花树

我们家院子里种满了花和树。母亲特别喜欢各色的月季，父亲却独爱桂花树——我数了数，大大小小的，我家院子里共有九株桂花树呢。

这九株桂花树里，有金桂，有银桂，还有四季桂。最受我们家人欢迎的是一株粗壮的金桂，我们家人封它"桂王"的称号。

这株"桂王"，主干特别粗大，直径有四十多厘米。它在中间又生出好多个分枝，就连分枝也很是粗壮，粗的枝干也已有一二十厘米的直径。它的冠幅非常宽，远看似一个巨无霸似的绿蘑菇。此刻你站在树底下，却似头顶金冠，一线线的阳光从茂密的缝隙中射入，折射出钻石般的光芒。一阵阵香气扑面而来，弥漫着整个院子，整个家。

我们家的"桂王"在枝干的气势上，真的可以与南方的榕树媲美。只是比榕树更坚挺些，也没有榕树多余的垂下的蔓须，却又有着满树金花。挺拔中，自带着高贵优雅的气质。于是，初秋的早晨，经常有一种梦里带着桂花的香甜醒来的感觉，原来是桂花已入了我的梦，这也经常吸引我们在这株"桂王"树下嬉戏玩耍。

我母亲常在"桂王"树下接花瓣。她会铺上一块布。小小的金灿灿的花瓣很精美，香中带点甜。我母亲拿它们来做桂花龙井茶。

等到花谢了，桂花树在冬天里，也可以把绿色留下来。这也是我父亲独爱桂花树的原因吧。

　　到了春天，桂花树又在浓荫间发出嫩芽。绿得冒油的嫩芽，就像是给桂花树罩上一件春装，显得格外美丽。

　　桂花树，四季常青。它忠诚的守候，给了我们院子最美的风景。

我总想着这件事

不知为什么，随着我的长大，胆子却变得越来越小了。母亲每每鼓励我时，总是笑着说也许是"无知者无畏"吧。而我却总是会想着那年的那件事。

几年前，老家磐安建起了一座灵江源高空玻璃桥。据说有当时既是最高又是最长的说法。我听了后怦然心动。磐安的景色本是如仙如画，该如何想象桥顶的美呢？刺激？有趣？我们兴奋地议论了许久。

终于到了山下。暑假的第一站家乡行。

哇！我怀着无法言喻的心情抬起头来仰望。整座玻璃桥似一条晶莹剔透的水晶长龙横在空中。在阳光的照耀下闪着无比璀璨的光芒，显得那样高雅而又威武。我突然莫名地紧张了起来。

我一口气就爬到了山顶。把大人们远远地甩在了身后。

此时，群山让我踩在了脚下，云朵在四周飘荡，远远的山脚下的人们变得那么细小模糊。我突然有了一种晕乎乎的感觉，竟再也没有勇气迈出我的脚步。桥，就在眼前，就在身边，和我的勇气却离得那么遥远……

妹妹已经撒欢地和其他小朋友上桥了，不时传来他们的尖叫声和笑声，而我却在巨大的纠结中。桥，安全吗？我，会摔下去吗？我看我还是回去吧。我看我应该是身体不舒服了吧？这时，母亲到了。她似乎一眼看穿我的心思。她先和我讲了科学依据、安全性等，然后又同我说：小君，实际上玻璃桥并不恐惧，恐惧的是我们的内心⋯⋯

于是，我微微闭上眼，迈出了我的第一步。清风徐来，似乎在鼓励着我，两岸的青松也似乎在为我喝彩。我大胆地睁开了双眼，伸出我的双手，拥抱了蓝天白云。害怕的心情消失了，无影无踪，由衷的快乐油然而生。此刻，云朵已飘到了我的脚下，我向云朵开心地问好。家乡的美景尽收眼里。我从来没有看见过远方这么美的田园风光，那些稻田、那些山丘和层叠的山花山林交织在了一起，令人心旷神怡。我开始再次大踏步来回地走着。我真的觉得自己是心花怒放了。

灵江源之行结束了，可我忘不了这座桥。所谓桥梁，它是为人们连接起两个不易到达的地方。而我们的心灵、感情，也往往需要这样的桥梁。桥，何等重要也！

这座玻璃桥，让我走过了胆怯、犹豫，让我走到了勇敢的彼岸。每当我内心深处有些莫名害怕时，总是会想起这件事。

一花一世界

　　都说最美人间四月天，这也是我们家最爱的季节。我的生日也在四月，还有，四月里总是会传来我们的故乡磐安的很多关于花的节日的消息：樱花节已经过了，接下来的是杜鹃节，还有芍药花节。

　　故乡虽说不远，但也总是很难得回去。家乡的草木之情，令我的父母十分惦念。

　　去年清明节时，我母亲从老家带回了几盆芍药。她说家乡的芍药是个宝，花开赛牡丹，根茎有药用。她说一定要好好培育这几盆来自家乡的芍药。

　　我们从未见母亲对花草如此用心过。她经常探视，浇水、培土，还把泡过的茶叶冷却后护在花的旁边。听说茶叶也是有机肥呢。可是，不知是这几株芍药水土不服，还是思家心切，在它们花苞如花生大的时候却纷纷脱落了，叶子也随之有些枯萎卷缩……

　　母亲很紧张、难过，她后悔把它们从家乡强行带出来。她喃喃自语：也许它们也不愿离开自己的家呢？

　　接下来，整株花都枯萎了。

　　母亲伤心之余马上开始查找资料，还向好几位园丁请教。总结起来，可能是新环境不适应，因为它们原本是生长在大山里的，也可能施肥过多。但母亲没有放弃它们，亲自给它们把苗干剪去，留住了根。她吩咐我们谁也别动那几个花盆。

　　今年春天，春雷响了，那几个花盆还是悄无声息。我母亲还是坚持松土浇水，连小鸟也不理解为什么。

一个雨后清晨，母亲迎来了五六个嫩芽：天哪！芍药发出了新芽，它们重生了！

这是个振奋我们全家人的喜讯。在我们心里，这不仅仅是几株花，这是我们对家乡的爱恋，对生命的尊重和执着，还有敬畏。

这次，面对新生，我们却无比从容。母亲照样每天去探望，但她大多是和它们无声地交谈，她说花和我们彼此已经了解了。

这个周末，我们迎来了第一朵花开，接下来还会有十几朵。芍药花太美了！我们用心培育过的花，能听懂我们的语言，所以它们开出了别人无法看到的不一样的美。

母亲今天同我们讲：一花一世界，一叶一菩提。

游学记

　　睁眼，天似乎低了点儿，让我看清了云的变幻。低头，望着脚下冰冷的土地，我的心流淌着炽热的留恋，仿佛失去了最熟悉的感觉，比我自娱自乐地担忧空中坠机的危机感还要刺痛几分。我知道接下来的几天不得不做另外一个自己，即使它违背了我的意愿，也要带着一种发自内心的使命感，将它留下。

　　不断地流逝……

　　不知为何，我的身体开始僵硬起来。心里空落落的，隐隐作痛。是时候离开了，我本该感到高兴，结束了这段学习生活，结束了自我感觉矛盾的东西，但如今竟有一丝忏悔的情绪，它牵动着我心底里一丝脆弱，悟出了一个道理：在这个世界上，我们没有资格发出任何抱怨，因为它们并不存在，只是我们心的弱点产生的错觉。

　　我知道自己该离开了，也许我只是这里每个朋友生命中短短的过客，也许这一走就没有了相遇的机会，也许不久，我这个过客的足迹也淡到看不清，淡到看不见，但我的心留恋着这里，我想他们一定也有同样的感觉，或者比我还要浓厚，我对这点格外自信，正是他们对我的精神上的照顾，才让我越来越敞开怀抱。

　　我的心里在进行着一场冲刷。一幕幕画面融合，流动起来。就在昨天，我收到了一张小卡片，来自我的外国朋友，上面扭曲地躺着几个中文字：我会想你。虽然不太熟练，但是一笔一画都很用心。我的心里顿时流淌着热流，为这纯真的友谊而感动，我轻轻一笑，抬起头，眼睛对上了那投过来的真挚的目光，对他说了一句：

"Great！"手里的纸片握得更紧了。当然，还有一些个性的纸片。

记得最后一次见面，我本心态平和，隐约听见有人在唤我的英文名，恍惚地继续走着，又一次呼唤来了，声音十分响亮，十分急促，听着心酸，好像要失去了什么，我怔住了，猛地回头，心不由得惊了一下，原来你只是想面对面地与我正式告别，我们之间的距离不短，我听到了你不舍的告别声，这些日子你一直很照顾我，帮我克服了语言的难题。我难以想象在此次分开后，我们会越走越远，消失在朦胧的远处……我强装笑容，与你正式告别，忍着没有再回头。我不会忘记你。

我静了一会儿，继续回忆。在展示活动前，你特别关照我，为了让我的英文读得流畅些，你为我概括了内容，重新撰写了一遍。对于发表感想的部分，你建议，如果我读中文更习惯一些，就读中文，你再读一遍翻译的版本，我听取了意见。一直以来，我都以为老师不同意我们用手机翻译，所以很多感想都憋在心里，不知如何表达，不过在展示当天，我终于表达了自我。

其实，每个人都不一定是友好的，也不是每个人都要对你友好。因为语言不同，在做一些游戏不尽如人意时，别人会以为是我们不懂得游戏的规则，但我们也会证明一切，就只有语言不同，我们各方面都十分优秀。

记得住宿的第一天，你们的热情问候和我的尴尬沉默，在情感的渲染中，已经逐渐变成了我们互帮互助，自然亲切。你们会主动邀请我参与聚会，也会耐心地让我理解英语的意思。对此，我也非常感谢你们的帮助。但是现在……离第一天也有些日子了，我正在目睹着这所美丽的学校在视线中越来越远，越来越小，我百感交集，很高兴能在比国内好很多的学习氛围中得到提高，尽管起初不很适应，但现在却有些离不开它。我很享受这种改变的过程。

不但收获了友谊，一些宝贵的经验，对英语的兴趣，对文化的了解，还有对美国人性格的看法。他们非常快乐，具有创造性，他们十分自信，坚持自我。他们善于沟通，普遍的情商都比较高。起初，觉得他们有些幼稚，动不动就跳来舞去的，却忽略了他们为什么要这么做，为了营造愉悦的气氛，为了让我们感到更加亲近，为了表达对生活的喜爱，我们呢？有时也应该尝试着放开自己，不要被不必要的压力束缚，不要错过这个美好短暂的世界。当然，美国人，在该认真的时候，也会散发出浓浓的气场，凸显出主角的气质，这些都是我们应该学习的。

每件事物都有它存在的价值，并且是无限的，我们要不断思考，不断交流，就会发现更多。很多事物，即使它过去了，也永远都有价值，影响着我们的一生。

此次游学，自己以往的经验显得十分渺小，不过我对未知更为向往。在未知中，我享受自己适应一切的变化过程，对提升自我而感到高兴。我在尝试着入乡随俗，却又满怀疑问。美国人的思考方式和性格虽不失可爱却有些疯疯癫癫，没有中国同龄人那么成熟稳重，让我感到有些失落。不过，这也是多余的。

学习过程中，发现美国人对中国人并没有什么了解，而我们对美国文化却有一定的深度认知。这样的差异可能主要是国家的文化不同吧。我希望在有能力时，更多人帮助打造同在这个瞬间世界的人们的美好生活，而不是生活在虚幻中，在下一秒就会变成一片虚无的世界里虚度光阴。

再感"目送"

又一年端午节，今年竟撞上了西方的父亲节，满屏都是祝福歌颂伟大的父爱。这当然也不失为一件美事。中国的父亲们大多数比较含蓄，东方文化使然，借西洋节大胆说爱也很好。可欢天喜地的气氛中，有很多人却在黯然神伤，比如我的母亲。

因为外公在十年前就已经离我们而去。

但母亲不会一直处于黯伤中，更多的是让我们感受到了外公的爱一直在给予她力量、勇敢和智慧。

这让我不得不把话题再拉到作家龙应台的《目送》，我母亲多年前就读过此书。记得小学期间，有一天她很正式地和我说了这两个字"目送"。她说目送貌似得体，其实也残忍，是个心酸的字眼。母女一场，一辈子的缘分仅限于今生今世的交替目送，一切渐行渐远……母亲多么希望亲人可以永远心眼相随。

去年，我也读了《目送》。如今，我也看见了更多的目送者和被目送者的故事。

这本书里的故事和生活中的故事都那么温暖，让你感受到生活的温度。让你明白，无论何时何地，每一个夜晚的心房，你总能看到某一朵花在那里静静地绽放。花香是那么自然，要么恬淡，要么浓郁，要么烂漫，要么从容。

温暖背后，你还可以享受到一种心酸。你的胸腔时不时有一阵小浪涌过，有点酸，有点痛。这是我母亲在怀念她外祖母时自然流下的泪水，这也是我母亲在每一个清明节里墨镜后面的眼。

如今，我还是少年。可母亲，还有那些已经离开了的长辈们，他们都是曾经的少年。目送，正在一轮又一轮地交替进行着。生命，她到来时，你无法阻止，生的力量实在强大。可生命一旦选择离去，她却比来时更猛烈，纵然你撕心裂肺，纵然你倾其所有，纵然你拥有排山倒海之能量，你也丝毫撼动不了她的转身。

随着我的成长，我体味到了很多书里书外的冷和暖。随着我的成长，我更明白了母亲多年前和我说起的对"目送"的感悟。

借此节日气氛，我也想动情地对自己的父母说一声，别太纠结什么目送，心眼相随，我们可以做到的，我会用一生和妹妹一起把这四字融入我们的灵魂。

让我们用平时生活中最喜欢说的一句话来表白：好的！我们一起努力！

致年味

　　这世间，唯有美食和爱不可辜负。这句话，曾因几年前《舌尖上的中国》的播出变得很流行。听起来似乎话里本身就意味着一种情怀，是最美物质和精神一起烹饪而成的一道至高无上的灵魂大餐。

　　这个假期，回老家过年后返城的我，又有了一种对年的新体会。何谓年味儿？年味就是爱和美食的味道，只不过，乡下的年味中，你有时分不清到底是美食，还是爱，因为它们已经完全融合在了一起。

　　我的故乡在磐安，山城，一座古老的山城。

　　父母出生在磐安玉山的不同小镇。他们小时候，物质很匮乏，可我和妹妹每次听到父母谈起小时候的情景，就会见到他们眼中闪烁出特别的亮光，他们的语气也会充满激情，嗓门更是会随之升高……装在他们心中最美好的时光，就是他们儿时的年，儿时的年味。

　　他们每次都会讲到：过年时，父母亲再困难也会为他们准备一套新衣裳。这新衣裳早早挂在钩子上，交织着浓浓的爱意。他们幸福地看啊，轻轻地触摸啊，一遍遍想象着自己穿新衣裳时的美和得意，生活一切的艰苦都抛到九霄云外，他们喜欢自己能十分容易地感到幸福，就是这力量远远胜过了痛苦，哪怕只是虚幻的。他们还会想着父母有可能在新衣裳口袋里装上一把炒花生，如果再来几粒水果糖那再好不过了，他们说那时候的糖甜啊、鲜啊，我们现在已经吃不到那味道了，属于父母童年的味道。

我和妹妹每次都听得将信将疑，不过看到他们喜悦的神情，如此幸福地回忆过去，心底里感叹着真是值了。有时，我们在他们心情低落时，还会故意去引他们说一些关于他们的童年、过年的趣事，尽管这些话重播了许多次，却没有丝毫腻味，而他们每次也都是如《朗读者》节目的嘉宾似的，热情认真地为我们述说，每次都似乎在满溢的激情中讲述一个新故事……

今年过节前，父母早早地讨论起过节方案了。母亲做了一份计划，包括了年夜饭安排、邀请人数，分批次、时间，还包括派送红包、礼物等，再加上备用方案（人数随时可能生变），花费了不少心思。

往年，我们都是在外婆家或奶奶家享用年夜饭的，可父母说，他们年纪大了，于是今年改革，在酒店里吃。本来外婆他们愤愤又可爱地拒绝了，后来他们终究拗不过父母的一片孝心，就十分仁慈和善地赞同了意见。

出发前，母亲特地提起了多微笑、要热情，尽管她知道我们都记在心里。并对我们说乡下人的心其实特别敏感，好似阳光下隐藏着许许多多透明的、难以平静的旋涡，无法诉说地用清冷的海水换着生那温柔的抚摸。一旦陷下去，便会触及内心的伤痛，未知中只有无可奈何……面对家乡的亲友们，我们永远不可以忘本，就是永远不忘初心，在岁月中默默守护……谈到动情处，母亲的眼眶渐渐红了，蒙上一层淡淡的薄雾——我心中再次与年相遇，看见了它的分量。

大年三十，我们早早地做了各种准备。下午接了二十多位亲人来酒店泡温泉，父母亲细心地为他们泡上了雨林古树茶，准备了丰盛的茶点，精心摆在那古色古香的桌台上，空气中洋溢着淳朴的笑声，年味也不知不觉弥漫着整个房子。

年夜饭，母亲在每个桌位前放上一个大红包，请长辈们入座，晚餐闪着光芒。各种磐安美食让我们大快朵颐,餐桌上飘浮着温柔的热气,那便是聚集的一家人的爱,年味走向了高潮。

宴请延续了两天。之后的每一天,我们收到了亲友们的邀请,就不断地享美食、唠家常,母亲高兴得连嗓子也弄哑了,却仍然抵挡不住内心深处迸发的喜悦。

年,结束时总是令人猝不及防,但新的一年却为你亮着盏盏明灯,等待着你不再等待,努力奔跑。所以年味就是让你补充爱和力量!让它们伴随着你成就更好的自己。

最美二十四节气

——书写诗意中国

　　自正月以来连绵阴雨多日，端坐书屋抬眼望去，雨丝如烟如雾，密密地斜织着，拿出手机，方知此时正是"雨水"节气，瞬间，这细雨便有了无穷的诗意。

　　想起读过余世存写的《时间之书》，不得不叹服古人对于时间的精妙感受。用什么来表达一整年的时间？中国的先人给出了最诗意的答案：二十四节气。跟着太阳的脚步，一个个如诗如画的名字在四季轮回中接踵而来。有表示季节转换的：立春、立夏、立秋、立冬。"立"，表示一个季节的开始。有表示阴阳转换的：春分、夏至、秋分、冬至。"分"，意指昼夜平分，"至"是极的意思。春分、秋分两日昼夜时长一样。夏至，一年中白昼最长的一天。冬至，一年中白昼最短的一天。有表示物候现象和农活的：惊蛰、清明、小满、芒种。有表示气温变化的：小暑、大暑、处暑、小寒、大寒。有表示天气现象的：雨水、谷雨、白露、寒露、霜降、小雪、大雪。每一个节气都蕴含着古人的智慧，体现着古人的宇宙观、世界观和生命观。

　　有的节气，在历史的演变中，被赋予了更多的内涵，是节气也是节日，最熟悉的莫过于"清明"和"冬至"。清明时节，天清气朗，四野明净。此时，人们三三两两结伴而行，踏青郊游，赏花吟诗，喝茶聊天，放飞风筝，不辜负这美好春光。在清明前还有两个挨得很近的节日：上巳和寒食。传说寒食节来源于两千多年以前的春秋时代，民俗学家认为，"寒食墓祭"大约在南北朝时形成习俗，并于唐开元年间作为国家礼俗确定下来。由于寒食节与清明节日子相近，渐渐地，寒食和清明就合二为一了。更因了杜牧的"清明时节雨纷纷，路上行人欲断魂"一诗，清明，便让人无端地多了对先人的追思之情。冬至时间在每年的公历 12 月 21 日至 23 日之间，古人认为自冬至起，白昼一天比一天长，阳气回升，天地阳气开始转强，代表下一个循环开始。在我的老家，有"冬至大如年"之说，每到冬至日，家家户户都要做"冬至粿"，备上丰盛的酒菜，"请太公，祭先祖。""清明"和"冬至"，两个节气，两个节日，在这一阴一阳中，人们都要祭祀先祖，这正是中国人中庸之道的绝妙平衡。

节气，是从前日子里最可靠的坐标。谷雨到了，寒潮天气彻底结束，人们可以开始插秧种田。谷雨前采的茶，叫"谷雨茶"，跟"明前茶"一样，质地优良，乃茶中上品。郑板桥有诗："正好清明连谷雨，一杯香茗坐其间。"人生，便也如这茶一般，淡而有味。芒种时节，寓意"有芒的麦子快收，有芒的稻子可种"，因此，"芒种"也称为"忙种"，"芒种"到来预示着农民开始了忙碌的田间生活。小暑、大暑，喝一碗绿豆汤，凝神静气，不浮不躁。处暑一过，再不必害怕那火辣辣的太阳，清凉悄然而至，一切恰到好处的舒爽。柿子，须得过了霜降再吃，那口清甜，沁人心脾。小雪、大雪时节，农忙都已接近尾声，坐在"红泥小火炉"旁，煮一壶"绿蚁新醅酒"，只想问一问那些个友人："晚来天欲雪，能饮一杯无？"日子便在这酒香中氤氲成朗朗乾坤。

踏着节气自然的节律，我们劳动、生活、分享，看天地万物生长有序，看风霜雨雪四季轮回。在天人合一的境界里，万物顺时而生，岁月宁静美好。

让我留下这篇"童话"

不期待笔下摩擦出绚丽的自己，因为这六年我已经与你们相融。

不期待记录下重演的美好片段，因为美丽的回忆已经永藏于心。

不期待铭记下过去的点点滴滴，因为我希望你能追寻精彩的未来。

我期待你能记住的是此时的我，因为我们曾经在无数的日夜里并肩展开"童话"之旅……

在静谧无际的天宇里，有一颗渺小、被遗弃的无名小星球，上面却奇迹般地存在着生命迹象，那就是特殊的人类。从外貌上看，人与人之间相似度极高，难以分别，可每一个人的眼神里都夹杂着难以掩饰的悲伤，因为这特殊的人类的心里都有一块十分粗糙、未经雕琢的玉石，那就是他们封闭已久的对未来充满憧憬抑或恐惧的心灵。究竟有谁能成为拯救人类心灵的英雄呢？幸运的是，宇宙是公平的，它眷顾了这个没有精神寄托的星球，在这片小小的土地上，却有着人类实现美好愿望的充满着生机活力和幸福的建筑——人类启蒙校园。为了人类的生存和发展，在这个"无名星"上有一条人人必须遵从的规则：无论男女老少，都得上学，直到心中的玉石被雕琢到完美得不能再完美的程度时，便能迅速传送到地球，创造属于自己的未来。

应该是命运注定吧，我就诞生在了这个星球，也很快被带到人类的启蒙学校，进行全新的教育和培养。这对我来说，不，对所有和我处境相同的孩子来说，更是个机遇和挑战。我们要面对压力是正常的。不过我们往往会忽略掉人类教师教学中的压力，这都是我们心中的那块玉石阻碍了正常的思维，它会使大家错误地认为：我的世界里面，只有自己存在，不需要考虑他人。

所有的教师都绞尽脑汁，为了设计出净化心灵的教学方案，他们就像蜡烛一样燃烧自己照亮了别人。我本以为会是一场煎熬中度过的无聊的"洗脑"工程，但事实上我的认知错了。从低年级的看似无用的小游戏中，我渐渐发现自己懂得微笑，变得开朗乐观，敢于主动和同伴沟通交流，同学之间变得亲近，到了高年级，我们已经是难舍难分的好朋友了。在此间，老师已经传授给了我们知识的力量，更重要的是让我们养成了好学进取的风尚。

好思想、好品行的养成中，我们竟然没有发现心中的玉石不仅开化了，而且被雕琢得越来越精美，因为我们把全身心都投入到了享受生活的美好之中。

六年，七十二个月，二千一百九十天，在时光老人的一挥法杖中悄悄溜走了。而此时的我和同伴们心里不再有那块玉石，我们已成功地来到了地球，过着幸福自在的生活。在此时，我想写给"无名星"上还未曾离开、还未放弃初心的特殊的人类的最后童话：我从未埋怨过命运的不公给予我如此特殊的身份，因为我遇到了那所学校……

"童话"终究要结束，可我会一直感恩我的"童话"中的母校和老师，在此，让我留下这篇"童话"……

书与影（读书笔记、观后感）◎

　　读书和观影，是让人快乐的源泉。
　　一个是文字，一个是画面，都会产生一种美妙的反应，都是内心的一次长足旅行。

万水千山总是情

——读《人间草木》有感

　　未曾翻开此书，我脑子里就跳出人们常说的"人非草木，岂能无情"，又仿佛听到了我母亲经常同我们讲的"一草一木，万物生情""万水千山总是情"。所以，这本书的名字就是吸引着我的，我想着自己要进入到汪曾祺先生的散文里去，去感受那里的人间草木。

　　书的一辑"四方食事"，我迅速读完一遍，不够，又选择一些篇章细思回味。各种地方美食的描绘，深入浅出，完全是文学版的"风味人间"，我看得口舌生津，闭上眼都似乎听到人们在蒙古包里吃手抓肉喝奶茶并欢歌笑语。到过云南的我不禁向母亲念叨起对鸡枞菌的想念。我也忆起小时候胡庆余堂门口的炸臭豆腐摊。每回父亲去那里看老中医调理身体，母亲总会在门口闻香留步，我则是紧随其后。读到汪先生描写长沙火宫殿的臭豆腐，"文化大革命"期间有位大人物光临该地，也好这口，还留下最高指示：火宫殿的臭豆腐还是好吃。看到这处，我开怀大笑，拍案叫绝。汪先生不仅把四方美食作了美好记述，传扬了中国深不可测的食文化，更把时代里的人们的食事描写得淋漓尽致。他平淡而又幽默的文风，透着从容淡定。我想，这些有缘让汪先生遇上的地方美食，也是会感谢这种遇见的美丽吧。

　　书中的其他章节，无论写山、水、园、树、花、景，或是那些读书的经历和故事，逗留或长或短的地方，故事里头的人都是和草木一般的鲜活。这让我想起了我们的生活，草木已不是那时的草木了，可一样有情有义，试想谁又能离开人间草木独活呢？不能！人间草木好比我们人类生存所依赖之皮囊，而我们就是附生在上的毛毛——皮之不存，毛将焉附？从这一层意义上而言，该书的价值就更是大了，超越了文学价值，对我们有一种唤醒的力量。草木最有情，是有温度，有记忆的。往往无情的是人们，绝非草木。

比如茶或酒，都是植物的叶和果子的化身。酒让人醉，茶让人痴迷，又让人醒来。这些都是草木赋予了它们生命的特征。草木界的记忆和情感带到了人间。因此，它们总是会和人们交谈的，用的是无情的人们根本听不懂的语言。我的父亲母亲，他们都酷爱茶，茶在他们的生活中是另一种生命的能量和保持幸福的食粮。如果一日无茶，我父母必会"唉声叹气"。怪不得书中读到老舍先生，他茶瘾很大，去莫斯科开会，服务员把他喝了一半的茶水给倒了，气得老舍先生骂"脏话"，怎么我听了，他老人家骂得完全合理，痛快！因为我能理解他，可以见得茶的魅力有多大，简直是无与伦比了！

书中的最后一个章节，写到了老舍先生、金岳霖先生、沈从文先生等，还写到了汪先生的父亲母亲。我从另一个角度了解了这些大文豪和他们的一些人生经历，受益匪浅。没有人是生而伟大的。伟大的人们往往过着比普通人更朴实的生活，他们永远求真。他们的内心始终从容不迫。他们从不会向虚伪的外界屈服，而一直屈服于自己的内心、本心。因此，人们才看到了他们的伟大成就。人总有离开的时候，人生一世，草木一秋，所以尽自己最大的力量守护本心吧，因为那才是生命的含义！

最近，我母亲也在和我一起读汪曾祺散文。她和我谈了一些她的感悟，对我也很有启发。母亲说，写散文就要像汪曾祺先生那样，文如行云流水，从容、大方、本真，真可谓"宠辱不惊"，这种美好可爱的文字态度也是人生最美的态度，值得我们终身学习。合起书本，闭上双眼，手轻轻按在书上，感受到了书中传来的人间草木的爱的气息，这股气息在缕缕升起，我瞬间想起那句话：一花一世界，一叶一菩提。

家书抵万金

——读《傅雷家书》有感

谈《傅雷家书》之前，我觉得很有必要先谈谈何为"家书"。因为"家书"对我们这个时代的少年而言是那么的陌生，甚至同我们的父辈也是渐行渐远了。

我是从小从我母亲那儿了解到"家书"的分量的。我的外公去世十年有余了，母亲总会在一些特别的日子里打开一个层层包扎的包裹，那里头就是她的父亲写给她的"家书"。每每母亲翻开那些信件，我总是会站在一旁，内心万分忐忑，而外表又故作冷静。我总会感觉到有一种排山倒海般的力量蕴藏在那些信件中。每次，总能为我母亲注入新的强大的能量，完全不可思议——因此，我暗自遗憾，现在的你我由于有了微信、视频，已经很少有人能感悟家信的分量和美妙了。

这其实也是一种通过阅读和书写可以获得的力量，让人孕育新生的文字力量。如果我们不能享受这样一种爱的方式，那是件多么令人遗憾的事啊！

《傅雷家书》要告诉我们的首先是，"家书"是维系一家人情感的一种最美好的方式。用文字牢牢地锁住一家人的感情和幸福，包含着亲情和爱情。"家书"是从大约有文字产生的时候就诞生出的一种至情的文化艺术，这种爱的表达方式是其他形式无法高攀的。

傅雷先生夫妇平时把与儿子的来往信件都细致保留着。当然，好多信件在"文化大革命"期间已经被毁或流失。这本书里的信件，足以让我们读懂这份伟大的父爱：严厉又深情，平常而又独到。当我读到他写："你走后第二天，就想写信，怕你嫌烦。也就罢了。可是没一天不想着你。"这段貌似普通的话语却一下触到我的泪点，也仿佛让我一下子懂事起来，让我想起父母每周送别我和妹妹上学前的叮咛，很类似。平时我们都不以为然，甚至有时还嫌啰唆、单调——如今细细回味，却突然有一些心酸：父母亲的爱因为是永不变心的伟大，有时反而显得那么平常。可生活中，越是平常的东西，在我们的生命里却是一刻离不得，如空气般不可缺失。一旦缺失，小命休矣。

傅雷先生对儿子的爱是丰盈的。他的高度是旁人不可及的。他和儿子不仅讨论如何为人处世，也讨论对艺术的追求。他要做一面"忠实"的镜子。他对艺术的追求是要求极为苛刻严厉的。这种思想上的高度使得平常的爱子之情变得更为深沉。他始终把道德与艺术放在第一位，而把舐犊之情摆在其次——也许是故意为之吧——但仍然遮掩不住每一封信里透出的纯真、质朴的深厚情感，处处令人动容。

读完此书，除了书的内容，我却不得不谈下傅雷先生其人。真所谓文如其人。文中也能彰显出先生的风骨。人品和文风相得益彰。我惊叹于先生夫妇的"自杀"。虽然是时代的悲剧，但难掩其悲壮。让我第一次真切感受到"士可杀不可辱"。人们是这样评价傅雷夫妇的遗书的：这是人类历史上只有为数不多的杰出心灵才能作出的超常反应，它清晰周密，将智慧赋予人的坚忍和冷静发挥到了令人难以企及的程度。

《傅雷家书》是一本不可或缺的必读书，这是我们一家人共同的真实的感受。但是，阅读背后，傅雷先生及家人的品格风尚更是值得我们去读，去读懂。只有这样，我们才有可能真正理解《傅雷家书》的真谛。实际上，我们每一个有爱有情怀的家庭，都会有一本属于自己的"家书"，不是吗？即便有时候不出版或不写。

《骆驼祥子》读书笔记

《骆驼祥子》的故事发生在 20 世纪 20 年代军阀混战的北平。主人公祥子是一个善良、勤劳的人力车夫。他的人生理想仅仅是一辆车，一碗饭，一个家。然而在苦难的黑暗旧社会，老实规矩、清白、要强的祥子长期在困境中挣扎、抗争，却只能一步步走上末路，走向沉沦。

今天，距祥子的时代将近一百年。世界天翻地覆，这是民主的时代，也是科技的时代，更是放飞梦想的时代。

我们今天这个时代，还会有祥子吗？答案肯定有。祥子的本性不就是一个自尊好强、想靠自己的奋斗过上好日子的普通人吗？这不就是今天每一个社会人朴素的梦想吗？

我们今天这个时代，还会有祥子一样的悲剧吗？应该说，造成祥子悲剧的那个旧社会，已经一去不复还了。但如祥子面临的从农村到城市的困惑、爱情婚姻纠葛、对社会不公的个人行为选择等等现象，依然存在。我们不是常说"理想很丰满，现实很骨感"吗？但取决于我们如何克服困难，发愤图强的勇气。

我们今天这个时代，身边的确有好多骆驼祥子。可能是网络上那个奋斗了 18 年才和你坐在一起喝咖啡的网红笔者，可能是在地铁里弹唱《春天里》的那位歌手，也可能是穿梭于城市各条小巷的外卖哥。

今年最闪亮的名字要数外卖快递小哥雷海为，一举拿下万众瞩目的央视《中国诗词大会》总冠军，一夜之间爆红。生活不止是苟且，还有诗和远方，很少有人能在生活的重压下不忘初心，保持对诗词的热爱。长久的积淀换来了他在《中国诗词大会》上的惊艳表演，人们被这种刻苦的精神折服，应了那句老话：书山有路勤为径，学海无涯苦作舟。有人问他拿了冠军后想去做什么？雷海为说自己还会继续送外卖，这泰然自若的心态，远胜过取得一点儿成绩便豪言壮语的那一群人，淡泊名利的心态值得我们学习，毕竟人生的路上更需要沉着冷静。雷海为的夺冠，再次说明各行各业都有深藏不露的人才。他说会继续送外卖，他具体能改变自己的命运多少是个未知，但愿在生活中迷失方向或丧失信心的人们能记住这个名字——雷海为，然后用一颗善良的心去平等对待每一个职业的同时，找到自己终身放不下的东西。

其实老舍在最后命运的布局中是给了祥子机会的，让他在别人家里拉包月车，可是祥子放弃了，也不再勤恳工作，而是四处玩乐，也不再像从前一样坚持工作，因为他已不再相信努力就有结果、有收获。成功，只属于坚持到最后的那一个人，但他却选择了放弃。这本书还告诉我们一个道理，唯有知识才能改变命运。当你拥有了知识，知识就将成为你的信仰，时刻给予你力量。祥子的堕落正是因为丢失了理想，丢失了信仰。或许你认为，现在所学的知识、所受的教育并不会为你现在所用，机会只给有准备的人，唯有现在为一切、为将来做好打算，当机会到来时，你才不会后悔当初没有努力学习。

"白日不到处，青春恰自来。苔花如米小，也学牡丹开。"第一次看到清代诗人袁枚这首小诗，是在央视《经典咏流传》节目中。苔花，应是苔藓的花儿，那卑微而顽强的生命，竟也能在青春到来之际怒放出生命的极致，没有白日的青睐，不需取悦迎合世人的目光，它只是那样静静地绽放，用自己努力的姿势，诠释青春的不懈和生命的美好！

《天蓝色的彼岸》读书笔记

　　《天蓝色的彼岸》，当我第一眼望见这本书时，便被其淡淡的略带忧伤的封面吸引，捧起后，感觉书上仿佛粘满了隐形的胶水，将我的双手、心灵与它融为一体，于是，它便成了我看得最快的书。

　　这真是一部感人至深、触动灵魂的人性寓言。书中的主人公——和我年纪差不多的哈里，也就是在出门时随口对姐姐说了一句气话："我们走着瞧！我这次算是恨上你了，我再也不回来了！"也许是应了现代人常说的"风萧萧兮易水寒，壮士一去兮不复还"，结果真成了永诀，死神派卡车把他撞死了。那种昏暗心痛的感觉，你想甩也甩不掉。造化弄人，稍不留神，它就夺走了你的生命，哈里毫无预兆地消失了，远离了至爱的父母、朝夕相处的姐姐和曾经他在意的人。

　　他去了"天国"排队，去了另外一个世界，可是他还有心愿未了，他试图回到活着的世界。在阿瑟的帮助下，他用幽灵的躯体回到了学校，而他所看到的情况却完全出乎他的意料：最好的朋友和他的"死敌"一起玩，他的位置坐上了另外一个人，同学们像以前一样上课。哈里蒙眬中忽然意识到生活不会因他而改变，他死了，生活还在。

　　他重新回到了家人身边。他用他仅存的力气和意念控制着笔向姐姐表达了歉意，向父母表达了爱意，向他的朋友依依惜别……这是一段艰难而温馨的"生命"旅程。最后，他在那轮夕阳的召唤下，了无牵挂地走向"天蓝色的彼岸"，成为另一个生命的一部分，回到广阔的天空。

读啊读，我的泪水情不自禁地在眼眶里打转，我的心不由得被这份浓浓的爱打动。"生，如夏花之绚烂；死，如秋叶之静美。"人的生命如夏秋两季间的过渡一般，如此短暂而脆弱，一去不复返。

书中有几句话，特别令我感动深思："我特别怀念那种感觉，风吹在脸上，也许你还活着，根本没把这当回事，但我真的很想念那种感觉。"这是哈里"幽灵"的体会，告诉我们自然的提示，不要等到来不及的那一天后悔。"实际上，我怀疑，是不是一切都被安排好了，你永远也不可能参加你的葬礼。"命运是自己安排的，生死却不一样，请一定要珍惜当下，让自己活得有意义。

合上书，我感到了生命的渴望和爱的温暖。一个声音萦绕耳畔："绝不要在你怨恨的时候让太阳下山。"只要我们心中有那份爱的牵挂，生命将会永恒。

初论成长

——读《布鲁克林有棵树》有感

你走在一条名叫"成长"的街上，路边有一个深洞，你掉了进去，迷失、无助，你费了好大劲，爬了出来。又是同一条街，路边有一个深洞，你假装没有看见，再次掉了进去，同样的地方呵。还是同一条街，道上有一个深洞，你看到它在那儿，但还是掉了进去，你意识到了错误，立刻爬了出来。仍是同一条街，你绕道而走，留下岁月的痕迹，光阴没有虚度，只是快走到了街的另一头，向往着另一条街。

有些人也在"成长"的街上，道上有一个深洞，你置身其中，却感到说不出的温暖与力量在积蓄，艰苦地、拼命地做着持久的斗争。坚信"知识改变命运"，最终摆脱了阴冷的起点，走向光明。那过去的光阴是否虚度？光阴没有被虚度，当你醒来时，那"成长"的路上已绽放异蕊奇花。

你的起点或许不同，但成长的路却永远亮着，贫穷并不代表不幸福，只是不求深刻只求简单。简单中也能体会到快乐，不断成长。倘若徘徊在原地，阅读是最好的方向。

《布鲁克林有棵树》，讲述了一个受到社会的冷落和不平等对待的女孩是如何一步步靠着自身的努力摆脱了束缚，成为理想中的人的过程。作者以女性特有的细腻观察力，展现了布鲁克林的萧条与衰败，面对这样的时代，女主人公表达了典型的女性自尊、自立、自强。但我觉得，这样的光明、正能量并不是由黑暗衬托而来的，只不过是暂时被掩盖了色彩，我们要相信生活中美丽随处可见，才会更幸福，幸福就能成就成长，让时光变得有意义。再说，每个人都是幸福的人，只是没有成长到一定程度，看不到该看到的，被眼前事物干扰产生了本能的感觉，接着是一连串的影响。幸福与成长是紧密相连的，两者缺一不可。同时，知识又是幸福的基础。

弗兰西生存的时代和环境与我们相距甚远，但她的精神无论在什么时代都是有重要价值的。无论何时，坚定自己前进的方向，就如那棵天堂树一般，即使被砍断也不轻易死去，朝着下一缕阳光继续敞开怀抱。

书与影（读书笔记、观后感）

《钢铁是怎样炼成的》读后感

读《钢铁是怎样炼成的》后，我受益匪浅。而书中主人公保尔展现出的革命主义精神更是令人陷入深深的沉思。

保尔具有坚定的共产主义信念，在布尔什维克的培养下成了一个无私的、具有崇高革命主义精神的战士，把党和祖国的利益放在第一位。他用实践证明了他对革命的忠诚，对党和国家的忠诚。

但抛开这一切，保尔又是一个有血有肉的普通人，纵观全书，不曾见他有过惊天动地的事迹，他总是从最平凡的小事做起，但在细细品读过后，却会令人油然起敬。保尔做事总是一丝不苟，兢兢业业做好每一件事情。无论有多危险、多困难，他总是第一个迎难而上，久而久之，这已经渐渐成为深深刻在他骨子里的坚韧，他极富感染力的行动仿佛黑夜中的明灯，在最黑暗的时刻给予人光明，描绘美丽，引领人们前行。

常有人说时势造英雄，但何尝不是英雄造时势呢？正因为有无数同保尔一样的人存在，才造就了那个时代布尔什维克的辉煌。

通过一行行文字，保尔以及千千万万革命者对信仰的忠贞仿佛跨过了时空，深深地撞击到人们内心深处。我们会赞美保尔为理想而献身的精神，钢铁般的意志和顽强奋斗的高贵品质，却常常忽略他身上闪耀着的人性的光辉。

懵懂之时与朱赫来的相遇，青年之时在革命的烽火中饱经困难的历练，直至最后得到精神上的升华。他有过迷茫，有过悲伤，也曾想在某一时刻了结此生，还会面临在爱情与事业上两难的境地。

在面对这一切的时候，他的内心也曾有过无数的矛盾，在无数个夜里辗转反侧。他也是个普通人，和我们一样是血肉之躯。偏是如此，他却能逆流而上，在挣扎过后，将黑夜还给星河，将一切慵懒与沉迷还给过去，他是个普通人，身上洒满的是人的光辉，也证明了千千万万的革命者是伟大的。

保尔是一个时代人的缩影，也是一个党员走向成熟的见证，他是人性光辉的体现者。保尔曾说："生活的主要悲剧，就是停止斗争。"而保尔从走上那条路的那一刻起就从未停止过斗争。

钢是在烈火和急剧冷却里锻炼出来的，保尔亦是在人生的苦难与美好中锻炼出来的。这本书带给人最大的感触正是如此，明日之后，胸中有丘壑，立马振山河。

《美丽心灵》观后感

　　观看完影片《美丽心灵》后，给我的心留下了极其强烈的震撼和鼓舞，令我百感交集。《美丽心灵》那一幅幅感人的情节画面，时常会像放电影一样在我脑海里重演、回荡。

　　《美丽心灵》作为一部人物传记类的电影，讲述了20世纪伟大数学家纳什在念研究生时，便发表了著名的博弈理论，在经济、军事等领域产生了巨大影响，在生活中他收获了美满的爱情并将要成为父亲时，他却患上了精神分裂症，受到困扰。这迫使他不得不放下事业进行治疗，然而这并没有阻止他向学术上的最高层进军的步伐，在深爱他的妻子艾丽西亚的鼓励和帮助下，始终没有停步，最终凭借十几年的不懈努力和顽强意志，他如愿以偿，并获得了诺贝尔奖。

　　纳什无疑是个天才科学家，在自己患了精神分裂症的情况下，还不放弃对事业的追求，他拥有了伟大科学家常有的品格、意志和毅力。其实影片真实地告诉了我们纳什作为一名患有精神分裂症的科学家，他还拥有一颗美丽心灵。纳什不仅要向科学进军，要治疗病情，克服因精神分裂症带来的困难，还要战胜来自旁人的嘲笑、医生的否定。为了家人，为了减轻经济负担，他不惜停止用药、放弃治疗，坚强地与病魔做斗争。纳什的心灵是美丽的。

　　纳什的妻子艾丽西亚作为平常人，她堪称拥有一颗真正美丽心灵的人。她是纳什的真正的天使、守护者。她照料着一家的起居，陪伴在纳什的身边，鼓励他帮助他，在纳什发病严重威胁到她的生命安全时，也不离不弃。她无微不至地关怀着丈夫，面对困难，丝毫不退缩，坚强承担起风雨飘摇的家。纳什最终靠妻子爱的支持、爱的力量获得了诺贝尔奖。纳什对妻子说的"你是我成功的因素，也是唯一的因素。谢谢"这句话让我刻骨铭心。可以肯定地说，没有妻子的关爱，便没有纳什这位天才科学家的成就。

两颗美丽的心灵的交织互动、相互关爱、相互支持、相互并进，这才是《美丽心灵》给我们最好的诠释。美丽心灵的力量可以让我们战胜一切，超越一切。生活中面对任何人和事，我们都应该用一颗美丽的心灵去理解、关爱、传播。

《乔布斯传》小悟

00 后的我们，对"苹果"熟练至极。

我人生第一个手机游戏就是因为有了"苹果"而认识的。苹果手机让多少人为之神魂颠倒？是谁创造了影响整个人类生活方式的"苹果"？改变全世界的力量从何而来？带着疑问翻开《乔布斯传》，读一读这位神一样的男人。

令我惊讶的是乔布斯的童年。他本该是十分不幸的男孩，从小被亲生父母抛弃。上帝却又给了他神一样的养父母。充满爱与智慧，以及宽容的家庭，给予了他成长神一样的力量。说起宽容，那真是了不起的字眼，因为乔布斯很疯狂，充满异样和个性，就像特意打造出来的一般。他吸过毒，对宗教狂热过，他对任何事情却不会墨守成规，更不愿安于现状，这就像属于他本身的天性，随心地不断挑战，迷恋于失败。而他的养父母却能处在神一样的高度与角度，理解他，读懂他，并不遗余力地帮助他。乔布斯是何等幸运！所以，与其说他是神一般的男人，不如说是一对神仙般养父母眷顾了一位神人——乔布斯。

乔布斯的出身和家庭影响了他的一生。

除了他创业的坎坷，还有就是乔布斯善于聆听他自己的声音。不论世界的噪音有多大，不论他身边有多少不同的声音，乔布斯永远只相信一种声音——他内心深处的话。他永远只听从心的呼唤，做一个彻彻底底自由真实的人，我想这是他成功的第二大因素。

成功有时候看起来偶然，实则是必然。"苹果"在希腊神话中，本来就是"智慧"的意思，那为何要咬一口呢？这是上帝的意思吧！万事万物，没有完美的境界，因为永远有更好的在前方等着我们，我们不妨先咬一口，独自品味其中滋味，懂得什么是味道，包括成功的味道。

初读《人类简史》

今年寒假，学校推荐阅读《人类简史》这本书，我早听说过这是一部引发多国版权大战的神秘大书，获得"波兰斯基人文学科创造力与独创性奖"。我凭着对历史类、科技类读本的强烈好奇心，吊着很大胃口把这本书读完。果然，书里有我们很多难以想象的人类的历史。按照作者尤瓦尔·赫拉利所说，要看整个人类的历史，必须要从很高的高度，特别要像太空间谍卫星的高度去看才能看清楚历史走向。

这本书的内容分为四个部分，第一部分就讲了 7 万年前开始的认知革命，第二部分讲从 1 万年前开始的农业革命，第三部分是讲人类如何统一，第四部分是讲科学革命。

一、认知革命

关于这个问题，教科书告诉我们人是由猿猴进化而来，由四肢动物演化为靠双腿走路的"直立人"，"直立人"再进化成了我们。即认为人类的发展是呈线性的，误以为人类的进化只经历了从猿猴到当代的我们这一条线，地球的每个时刻都只存在单一的人类物种。但赫拉利告诉我们，事实并非如此。最早的人类出现在大约 250 万年前的东非，祖先是一种更早的南方古猿。约 200 万年前这些远古人类有一部分离开了东非，迁移到了世界各地。由于地域相差太大，经过约 200 万年的演化，不同地域的人类 DNA 发生了翻天覆地的变化。最终来到欧洲和西亚的人类成了"尼安德特人"，来到亚洲的成了"直立人"，来到印度尼西亚爪哇岛的则成了"梭罗人"，以及弗洛里斯岛的"弗洛里斯人"，西伯利亚的"丹尼索瓦人"。而目前地球上仅存的我们——"智人"（明智的人），则是由继续留在东非的人种逐步进化而来。200万年前到约1万年前止，地球上同时并存着至少6种不同的人类物种，到底是种什么样的体验呢？就好比马和驴，虽然有共同的祖先，但已演化为不同的物种。由于物种不同，就算杂交能产下骡子，后代也不再有生育能力了。

再打个比方，《三生三世十里桃花》里，翼族的离镜一开始误以为白浅是天族人，于是自暴自弃放弃了对她的追求，原因就在于天族和翼族是两个不同的物种，不能通婚。而为何夜华和白浅一个是天族，一个是狐族又可以在一起呢？因为他们本质上是同一物种，同属神族。

到了大约7万年前，东非的智人，也就是我们的祖先，开始向其他地区迁移。由于掌握了语言，能够形成大规模的团体优势，基于资源竞争或其他原因，智人在随后的时间里将其他5大人类物种赶尽杀绝了。这就是书中提到的"替代"理论。

二、农业革命

这一部分我觉得写得最吸引眼球。人类有长达250万年的时间靠采集和狩猎为生。传统观点一般认为，农业革命是人类发展史上的巨大进步，人类从狩猎采集食物变为了生产食物，从较多地依靠、适应自然转为利用、改造自然，标志着人类对自然界认识的一个飞跃。而赫拉利却认为，农业革命是史上最大的一桩骗局，农业革命所带来的非但不是轻松生活的新时代，反而是让农民过着比狩猎采集者更辛苦、更不满足的生活。

举例来说，农业革命之前的狩猎采集者们，不仅非常了解自己身边的环境，也很了解自己的身体和感官世界。他们能从草丛中最细微的声响听出里面是不是藏着一条蛇，能通过观察树木的枝叶，找出果实、蜂窝和鸟窝。他们大概每 3 天打猎一次，每天采集 3 ~ 6 小时，闲时说说八卦，编编故事，悠闲惬意。多样化的饮食让他们免受饥饿和营养不良，又高又瘦，且大多能活到 60 ~ 80 岁。而到了大约 1 万年前，人类为了得到更多的谷物、肉类和水果，开始从采集走向农业。人类开始投入全部的心力去驯化小麦和家畜，花整天的时间挑水务农。但随着粮食供给增加，人口也开始爆发式增长，想回到过去狩猎和采集的生活，再无可能。食物开始逐渐变得单一化，一旦天气不好，庄稼歉收，就会造成大面积饥荒，同时长期圈养家畜也导致了传染病的传播。

这里面有赫拉利特别有趣的一句话，"不是我们驯化了小麦，而是小麦驯化了我们"。这些观点让人充满惊喜的同时也心生疑惑。狩猎采集时代，真的就像作者所描述的那样爬爬树、打打猎、唠唠嗑，如此浪漫而美好吗？可以想象的是，除了时刻得预防野兽的袭击，狩猎采集者之间也会为争夺资源而引发血腥残酷的暴力冲突。真正弱肉强食的时代，可没有警察和法律来保障老弱病残的人身自由安全。现代生活物质充裕，也许也很难去感同身受农业革命的弊端。也许对农业革命时代早期的农民来说，种植单一作物靠天吃饭确实弊大于利，毕竟历史的发展不是永远前进的，如果当初人类没有选择驯化小麦，现在的我们会是什么模样？

三、人类统一

书中提到，让人类统一的力量有三种，分别是金钱、帝国和宗教。宗教的发展，基本经历了泛神论—多神教——神教这样一条脉络。泛神论时期，人类的规范和价值观不能只想到自己，还必须考虑其他动物、植物、精灵和鬼魂的想法及利益。泛神论考虑的往往是当地的位置、气候和现象，石头、泉水、树木等都可以有神。比如恒河流域的某个采集部落可能会禁止砍倒某棵特别高大的无花果树，以免无花果树的树神会报复。对当时的人类来说，人只是地球上众多生物的一种，动植物与人类平等。随着时间的流逝，某些多神论者开始对信仰的某个神灵越来越虔诚，开始相信只有那位神灵是唯一的神，相信他是宇宙的最高权柄。典型的一神教如基督教、伊斯兰教。而多神教徒相信，在各自的领域还存在着心有偏见的神灵，这些神灵专精某些领域，向他们祈祷得越虔诚就越能得到回应。典型的多神教如印度教、佛教。

四、科学革命

全书的最后一章讲到智人的末日，作者讨论了人工智能以及对智人未来的展望。当人类在失去那些传统的工作后，能否通过 VR 虚拟技术，去弥补那些生活中缺失的意义和经历呢？这些都是很有意思的话题。关于人类社会的发展方向，作者又提出了一个问题：我想要什么？这个问题大概会贯穿我们的一生，只有明白了这个问题，我们才能确定自己的努力方向，不再盲目追求一些自己并不需要的东西。

五、认识未来

读完《人类简史》令我意犹未尽，我又读了赫拉利的另一本著作《未来简史》，里面谈到了一个耸人听闻的预言，人类终将被人工智能取代。且不论这个预言是真是假，仅就我们当下的社会，已然发生了翻天覆地的变化。随着大数据的应用和人工智能的普及，我们的生活变得越来越便捷，我们也常常会有这样的体验：打开手机，就能找到各类学习的知识；打开淘宝，广告推荐的刚好是我们想要的商品；浏览新闻，映入眼帘的新闻内容也是我们感兴趣的话题；播放音乐，推荐的旋律恰好契合我们的情绪。

　　科技进步带来的便利显而易见，生活慢慢变得比我们自己还了解自己，我们的生存模式也好像被调到了舒适模式。人工智能变成了我们肚子里的蛔虫，我们只需要拍拍屁股，然后安心地扮演甩手掌柜的角色。未来一切皆有可能发生。

　　佩服赫拉利的博闻广识，以及洋溢贯穿全书的动人情节。这些书籍可以让我遨游在历史的海洋，让我了解遥远而又神秘莫测的宇宙苍穹，探索未知世界，这就是书本带给我的最大乐趣。

读《苏菲的世界》有感

　　《苏菲的世界》通过信件的线索，展现了女孩苏菲讲解哲学知识的过程，揭示了西方哲学史发展的历程。

　　读这本书的开头，我就猜疑为什么会有陌生人给苏菲写哲学的信。直到最后才知道，原来苏菲这个人物，只是艾勃特为庆祝女儿席德生日而虚构出来的人，他把她的故事编写成一个富有哲学趣味的故事当作女儿的生日礼物。这部作品富有文学性，将似乎深奥的哲学体现得迷人且易于领悟。

　　谈起哲学，我最先想到的是曾经读过的一本书《沉思录》，书中探讨着人生伦理问题以及自然哲学。那是第一次接触哲学，也是第一次为哲学的魅力而着迷。我摊开这本书，它并不是以小说的形式呈现，而是以一段段独立的似乎枯燥的话来论哲学，就像一段段理性的诗一般。我却比往常还要静心，甚至不由自主地画下了深刻到我灵魂中的句子，并写了我的感受。《沉思录》是一些从灵魂深处流淌出来的文字，朴实地直抵我们的内心。

　　哲学使人的灵魂真正的高尚。阅读《苏菲的世界》后，感觉生活中可以摒弃各式各样的烦琐事物，腾出我们心中重要的位置，把空白由生命的奥秘填补。是啊，多少人忙碌于社会中，成为被影响的那个人。就像文中的问题"人是否生来就会害羞？"一样，真的反问了大多数人。醒醒吧，掌握好你的灵魂，不要为外界所动，你的内心还有更重要的使命，去探讨生命与死亡、变幻与永恒，而不是喝一杯咖啡，睡一会儿觉。生命本来就短暂。就像苏格拉底所说的：

"你只是一个负担着躯体的小小灵魂。"我们不应该把重心交给你的躯体，做着荒废时间的事，而应该探索真理，凸显出灵魂的价值。

哲学精神也是我们可以体会到的。即使我们不能解决哲学的问题，但生活中还是可以带着哲学的思考。对我们所处的世界怀着好奇心，同时也会发现内心的美丽。这样就不会厌烦世俗，低估了自己的价值。《沉思录》中有一句话："全都是朝生暮死的，记忆者与被记忆者都是一样的。"这句话我理解的是讲人类以及自然的永恒的规律。让我们思考生活，自然总是喜欢变换现有的东西，生生灭灭，不断循环……但是哲学往往是富有争议的，蕴含着不同有趣的灵魂的论证，这就是它的影响力的体现，我们可以抱有各自的观点，认定世界总有一成不变的东西，创造了宇宙，我们可以不断思考。

另一方面，哲学可以减轻精神上的痛苦。马可·奥勒留把一切对他发生的事情都不看成是恶，认为痛苦和不安仅仅是来自内心的意见，并且是可以由心灵加以消除的。在躯体没有倒下之前灵魂却先屈服了是一件可耻的事，我们活着，就要坚强，就要有意义。

《苏菲的世界》再次激起了我对哲学的思考，愿所有人能为生命不断地思考。

情为何物

——《乱世佳人》观后感

"问世间，情为何物，直教生死相许？"

"山无陵，江水为竭。冬雷震震，夏雨雪。天地合，乃敢与君绝。"

爱情，自古以来就是全世界文人墨客们写不尽的诗，谱不完的曲，说不完的故事，有喜有悲。可是何谓爱情，至今也没有一个定义，教科书上也找不到答案。也许爱情就如一座大山，每一个以为自己看懂爱情的人，其实只看了自己视线范围内的风景。自然有美丑之差别，彼此之间也无法完全领会，无法感同身受。看完《乱世佳人》后，我更有这样的感受。尽管我的年龄，让我来讲讲爱情，我不仅胆怯，甚至自己也觉得有些可笑呢。

对照小说，电影和小说有一种交叉的感觉，很难走出原著的疆域。而电影显然有自己的强项，电影可以把生活、把感受、把读者的情感需求通过银幕表现出来。

郝思嘉的美，瑞特的帅，艾希礼的绅士，梅兰尼的温柔，在一个个故事场景中不断撞击，让我们感受到了仿佛来自生活中般的冲击力。银幕让故事鲜活，给予我们更多的想象力。我想这也是影片把原著用银幕呈现的魅力和价值所在。影片的美和诠释力与原著之间互相不可替代。

我们每一个人都像是一片树叶，风起风落，有时候我们无能为力。爱更是如此。当我们行走在一场爱中，我们能把握好风的走向吗？

　　影片看完，很感人，但我也很茫然。爱，到底在何方？如果爱随风而行，我们也要如影随形？

　　当今社会，离婚率很高。关于爱情和婚姻，没有完美结局的实在太多了。难道人们都已经不再相信爱情和地久天长了吗？可是我发现，经历过失败的婚姻和爱情的人们往往又能很快地开始新的生活和追求。如风一般，风不期而至，又无声无息地消失殆尽。前一日或是痛不欲生，第二日又爱得死去活来。这些，我还理解不了，但也许这就是爱情"飘"的属性？

　　其实，善变、自私、虚伪，这些弱点每个人都有。这些都会形成带走我们幸福和爱情的风，打破平静生活的风雨。如果我们不控制好自己的内心，就把握不了风的行走方向。这部影片恰是借了爱情的题材，让我们看清楚每一个人都是因为人性的弱点而遭受到生活的各种磨难。

　　情，到底为何物？每个人的感悟都不同，有深有浅。不管怎样，希望我们内心永远有一种向往，向往纯洁，向往美丽，向往永恒。让风，继续吹吧……

走近《明朝那些事儿》

这是一套有趣味的好书。虽是历史书，却让人读出了散文小说的味道。这样的写作方式，新颖独特，让人甚是喜欢。凝重的历史，我们居然可以如此轻松地走近它，回顾那些重现的往事。

中国的历史相当悠久，故事颇多，随便摘的一小段都可拍上百集的电视剧，观众还百看不厌。明朝也不例外。

明朝不缺风流人物。从于谦到张居正，再到杨涟。从戚继光到王守江，再到袁崇焕。打走蒙古人，赶跑倭寇。明朝中后期还产生了资本主义萌芽。流芳百世的名著也不少，文学方面有《三国演义》《水浒传》《西游记》等，医学上有李时珍的《本草纲目》，农业手工业上有《天工开物》《农政全书》，还有徐霞客的《徐霞客游记》，都是脍炙人口的著作。

明朝的官场，似乎很黑暗，让人感觉到压抑难受。开国功臣大多数被杀。所谓的"狡兔死，走狗烹"，让人不寒而栗。有些人的死法还相当悲惨。除朱元璋、朱棣外，之后的一些皇帝中，也大多不是什么一代英主或明君。多数没有什么帝王样，要么游戏天下，要么求仙问道，要么专心木工，专心天下江山的却不多。最后出了个"崇祯皇帝"，他几经辛苦，励精图治。但是明朝中后期，奸臣当道，宦官乱政，什么东厂西厂锦衣卫，积重难返，他终究无法力挽狂澜，最终被李自成农民起义推翻，自己也上吊煤山。这样的结局令人遗憾。

作者石悦虽是用幽默调侃的口吻写下"明朝那些事儿"，但他写的内容却是正史。他采用了当下流行通俗并令人愉悦的文学手法。文中的绝大部分历史事件和人物，都有史料来源，不是什么野史。而且书中故事结构安排非常充盈精彩。金戈铁马，儿女情长，应有尽有。其实，我想这样的描述恰恰比过去那些枯燥无味的历史书更符合历史。因为历史本身可能远比我们陈旧思维中的要精彩纷呈。历史是后来人写前人的重要的或者是那些陈芝麻烂谷子的事，多多少少掺杂着写史人的思想感情，它并非完全客观事实。石悦把历史写得如此生动有趣，吸引了更多的人来读历史，喜欢历史，走近历史。这无疑是对历史本身最好的尊重，让人读起来更有趣味。

这套书是迄今为止唯一全套用白话来说明朝历史的书籍。应该是有革命性意义的。前段时间，我父亲送我一套《活在大清》《活在大汉》《活在大宋》和《活在大唐》。这套书也是白话写法，甚至当下的网络语言也全用上了，还挺有趣。但这些也是因为石悦老师开创了历史的先河，他们只是顺流而上。

这套书不仅让我改变了对历史书籍的印象，也加深了我对历史的兴趣，引导我去探索更多的历史故事和历史知识。

我想用明朝开国皇帝朱元璋的《率师征陈友谅至潇湘所写》来结尾，以示我对作者的敬意：

> 马踏江头苜蓿香，
> 片云片雨渡潇湘。
> 东风吹醒英雄梦，
> 不是咸阳是洛阳。

读《撒哈拉的故事》有感

　　最近，好些个人在晒撒哈拉的旅行美图。我想，很多人去那里或多或少受到了已故台湾地区女作家三毛的影响。每个人心中都会有一种流浪的浪漫英雄主义情结。我母亲大学时代也是三毛迷，她那时就收集了三毛的全部作品。所以，三毛真可谓是影响了好几代人。假期，我不由得重阅了《撒哈拉的故事》，再次感受到她字里行间无处不在的对"初心"守护的执着之情。

　　《撒哈拉的故事》讲述的是三毛和荷西在撒哈拉沙漠经历的一段艰苦而又浪漫的岁月。三毛背着行囊走进了荒凉单调的撒哈拉沙漠，在沙漠中寻找感受生活的真善美，永不妥协。苦恋三毛的荷西，放弃了在西班牙优越的工作，来到了非洲这个不毛之地，来到了这片沙漠，陪伴他心中的人，展开了撒哈拉的故事。

　　三毛用心感受这片沙漠，关怀这片沙漠，她就像一个流浪者一样，轻松自在，却富有情调与同情心。从她的文字语言就可以感受到，每一次经历如身临其境，却又朴素自然，她再将自己独特的见解注入文章，文字便具有人格魅力。但更主要的是，阅读《撒哈拉的故事》，每个人都会感受到自己心中的那片撒哈拉，我们愿意忍耐无数的孤独等待与平淡庸常，为了与生命中美丽的那一瞬相遇，为了自己内心深处的遥远的理想，为了感悟美为何物。

　　美为何物？我们只有一具皮囊，在向远方漫游着，偶尔充满叛逆，我们不知道自己到底想要什么，我们的灵魂，它是否悠然。或许生活中，正是缺少了撒哈拉沙漠的故事，缺少了浪漫与人情，缺少了你的真爱，留下在现实生活中拼搏的伤痕累累的你，那个被社会影响的你，失去本真的你，只会为着活下去而费尽心思的你，为了得到优越感的你。去撒哈拉沙漠流浪，去感受自然与本真，体会生命的价值意义。

实际上，撒哈拉沙漠物质贫乏，还存在很多生存风险，并不应是人人向往的旅游胜地，但肯定是好多人精神旅游和探险的神圣地。书中每个故事都充满异域情调、风土人情，它们不求深刻，但朴素的语言总是能引起人们最根本的思考。三毛在撒哈拉的生活很艰苦，但却不乏乐趣。他们租了一个破旧的房子，却被自己装修成全沙漠最美丽的艺术品。而且沙漠缺水，撒哈拉成人三四年才洗一次澡。当地人不识字，也不去医院，不能见男医生，并且在那样的社会，女人往往不被人尊重，我们应该珍惜现在文明平等的社会。

记得书中一个片段，三毛回家时的那条路直直的，可以一个油门踩到底，但富有同情心的她总是停下来，帮助一些弱小的人，请他们上车，从而总是耽误时间。有一次，三毛见到了一个老人和他的山羊，她停下来，叫老人上车，老人抱着他的山羊，喊："我的山羊呢？""山羊跟着一起上来吧。"她回答。接着，一路上，三毛都可以感觉到山羊的呼吸在她的脖子上缠绕着，她轻轻地笑着。

三毛曾说："每想你一次，天上飘落一粒沙，从此形成了撒哈拉。每想你一次，天上就掉下一滴水，于是形成了太平洋。"荷西曾说："每想拥抱你一次，天空飘落一片雪，至此雪花拥抱撒哈拉。"

一个人，一个江湖；一个人，一座城；一个人，一个撒哈拉的故事。

读懂一个高贵的灵魂

——观《国王的演讲》有感

  《国王的演讲》这部电影讲述了一个口吃的国王在莱昂纳尔的治疗下走出阴影，并完整地发表了战前演讲的故事。观看过程中，尽管直觉确定了结局肯定是美好的，但内心还是被两种感情冲击着：对国王深深的无奈与淡淡的期望，更被莱昂纳尔的人格魅力吸引。随着情节的发展，揭露的事实与真理，产生了有意义的变化。

  我起初对国王的病能否治好并没有太大的兴趣，因为我讨厌他枯燥古板又易怒的性格，对他表面虚伪的强大、内心却十分懦弱，甚至感到愤怒。最主要的一点是，他潜意识将自己困于阴影中，实际上又想挣脱，这样必然会对面子造成影响，所以他显得不那么真实。尤其是与不卑不亢、正直大气的莱昂纳尔在一起发生角色碰撞时，有时我也会想：不愿意治疗就别勉强了。渐渐地，我发现自己忽略了很重要的东西。

  外表的靓丽才能掩盖内心的痛苦。国王不仅仅是身份特殊，背负的使命也更加沉重，他的灵魂不再属于自己，还需要为了天下的老百姓，为此，他忍受着没日没夜的恐惧，直到麻木，永久地滞留在无尽的黑暗之中。他无法倾诉一切，是封闭的。疾病给予了他最大的打击，留下深深的创伤。

  他有自己的爱人，却无法享受真正的爱情，生活一直围着"治疗"转，转不出去，形成了旋涡。直到他——莱昂纳尔，用非常规的方法，打开了国王的内心，建立起彼此的信任、彼此的尊敬，结下了深厚的友谊，尽管发生了许多令人不悦的曲折，但我渐渐察觉到，国王的平凡的无奈——甚至连平凡人的基本幸福都没有。我也感受到隐藏在痛苦之下的涌动的暗流，他深处的勇敢，对美好的向往，无私的奉献精神，这些重要的东西，用眼是看不到的，真正了解一个人，就要看他隐藏的一面。

我很欣赏莱昂纳尔，他实现了治愈的真正价值，是治疗人们的心灵。他是一位最有影响力的倾听者，他也善于观察本质，尽管起初国王的态度十分急躁，动不动就发脾气，但他毫不介意，反而很快很早地就感受到了国王实际是一位非常勇敢的人，坚持、绞尽脑汁、一心一意地帮助他。

在最后振奋人心的演讲中，我们看到了挣脱影子的真正的国王，他的身上从心底里爆发出一种光明、纯粹的力量，多么的真实又强大，仿佛令人看到他带领着国家走向美好，看到他重获自由，看到他与爱人永恒的照耀，看到他与一位平凡的倾听者谈笑风生。

我们在生活中，不也应该像国王一样，砸碎世俗的枷锁吗？

关于电影《潘菲洛夫 28 勇士》的一些看法

电影简介:《潘菲洛夫 28 勇士》讲的是苏联卫国战争期间莫斯科保卫战外线的一次小规模战斗。影片中德军驻扎在沃洛科拉姆斯克,一个距离莫斯科只有两个小时路程的小村庄,在这儿伊万·潘菲洛夫上将率领苏联步兵第 316 师第 4 连的 28 名战士英勇地向敌军发起冲击。他们坚守阵地,誓死抵抗德军,成功地阻击了德军的坦克部队。这场惨烈的战斗,将莫斯科保卫战中战士们奋勇杀敌的英雄气概诠释得淋漓尽致。

这部电影,在近年来的战争片中算是口碑比较好的一部,但是其仍然存在着一些不符合史实的问题。

首先,就是对潘菲洛夫 28 勇士这一事件是否存在存在争议,首先我们来看一下《潘菲洛夫 28 勇士》最初的出处,1941 年 11 月 27 日,国防人民委员部机关报《红星报》刊发了战地记者瓦西里·科罗捷耶夫撰写的《莫斯科战役中的近卫军人》,文中首次提到了潘菲洛夫师的 28 位战士击毁了 18 辆坦克,最后全体牺牲的伟绩,报道声称这些战士们在阵地前还击毙了一名试图向德军投降的胆小鬼。次日,《红星报》又刊登了由著名作家、编辑部主编亚历山大·克里维茨基撰写的社论文章《28 位英雄的遗愿》,对这次战斗作了详细描述,并声称所有牺牲指战员的遗体都安葬在杜博谢科沃村的集体墓穴中。文中提及了克洛奇科夫的最后遗言:"俄罗斯虽大但已无处可退,背后就是莫斯科。"文中还声称这个英雄群体的最后一位幸存者伊万·纳塔罗夫在野战医院因伤牺牲前描述了他们的战斗情况,在这篇报道中还首次公布了 28 位勇士的名单。（资料来源于《文史天地》2017 年的 12 期从丕著《背后就是莫斯科——卫国战争中苏军"潘菲洛夫 28 勇士"的虚与实》）

还有，关于"潘菲洛夫 28 勇士"的真实性主要存在四个疑点：首先，按照惯例前线官兵的立功表现应由基层指挥员逐级上报并加以核实，至少也要得到友邻部队的证实，但是在这一事件中，无论是第 4 连所属部队的营长、团长，还是师长潘菲洛夫，或是集团军司令员罗科索夫斯基都没有接到相关的报告，他们几乎都是从《红星报》上获悉这一英勇事迹的。其次，科罗捷耶夫和克里维茨基并不是战斗的亲历者，但他们在报道中非常细致地描述了战斗细节，甚至连克洛奇科夫的最后遗言都一清二楚，这十分可疑。尽管克里维茨基声称是从战士纳塔罗夫口中获知战斗详情的，但根据第 1075 团的记录，这位纳塔罗夫早在 11 月 14 日就已经牺牲了。再次，根据第 1075 团团长伊利亚·卡普罗夫上校的回忆，在 11 月 16 日当天该团第 4 连有大约 140 名战斗人员，并非仅有 28 人。最后，克洛奇科夫等人在数小时内击毁了 18 辆坦克，这对于德军而言是非常严重的损失，但在德军方面没有任何相关记录加以印证。战争时期，苏联官方通过拙劣的方法暂时隐瞒了《红星报》的失实之处，但苏联官方随后展开秘密调查，军事法官尼古拉·阿法纳西耶夫中将奉命主持这项调查，他设法询问了尚在人世的当事人，包括当时的团长卡普罗夫、新闻报道的作者科罗捷耶夫和克里维茨基以及《红星报》总编大卫·奥滕贝格等人。卡普罗夫承认尽管在杜博谢科沃的战斗极为激烈，但他没有听说报纸上所报道的战斗事迹。科罗捷耶夫和克里维茨基面对军事法官的询问，最后承认"潘菲洛夫 28 勇士"是他们虚构的，并交代了整个报道材料产生的过程。（资料来源《文史天地》）

其实，作为战争片该片还存在着一些武器穿帮的镜头：如 1941

年的莫斯科保卫战中就出现了当时还未列装部队的 PPSH－41 冲锋枪。还有苏军的马克西姆重机枪全片未出现水冷箱，也可以说是一个不太严谨的地方。(《军迷的军教片　浅谈〈潘菲洛夫28 勇士〉中的武器装备与战术》，殷杰著)

然而，话又说回来，总的来说这部电影还是很好地表现了苏联卫国战争期间苏联红军的大无畏革命精神，也确实是近年来一部非常不错的苏联战争片。

影响我梦想的一本书

　　所谓梦想并不是未来的职业，而是我对内心的看法与追求。

　　这本书名为《我们一无所有》，是一本革命小说，也是回忆之书，由多个故事串联而成。主要讲了"一群肯定生活、却也被生活碾压的人们，在平庸恐怖的年代里，用思念向遗忘和权力抗争到底"。这部作品的惊艳就在于作者坚持在最黑暗的角落描绘美丽。

　　最触动我的是其中的第一篇——《花豹》。20世纪30年代，一位不成才的肖像画家受到苏联当局指派，删除官方照片和艺术作品之中的异议分子，也就是残忍地将这些人从历史中彻底抹去，而头一个对象就是他弟弟。他是一个画家，却不能够随心所欲地画画。他懂得艺术，相信"艺术让我们不因真实而亡故"，但是他知晓，自己可能轻易因艺术而亡故，于是，他作出了"将自己弟弟的脸孔画入每一幅经他审查的图片中"的决定，这一决定，引发了一连串故事，有多少生命会因为一幅画而改变？文中有一段话，人物内心的告白：我打算把舞者的手留在原处，那只手本来就该在那里——一只挥舞求救、挥舞道别的手，一只不为任何人喝彩、不为任何人叫好的手，一只当我脑海之中响起求救的声音，说不定曾经稳稳扶住我头颅的手。最终，他被迫承担了叛国罪，在被活埋的当天，他最后一个请求是，想知道，自己在监狱的最后一段日子，和他隔着墙壁叩密码交流的犯人是谁，但是却得知，他四周并没有关押任何人，于是他绝望又空虚，在疯狂的边缘上走向了死亡。

　　作者通过主人公纠结的内心世界和近乎荒诞的现实遭遇，呈现出一个扭曲的社会，这里的人物如同紧绷的弦，一拨动，便会断裂，令人痛心却十分震撼。这是对社会的抵抗，是真正的追求，跨越了生与死。至于这本书为何叫"我们一无所有"，作者的本意应该是这样的：时间，让我们误以为它也能冲散苦难，淡化伤痕，我好像透过一个钥匙孔，头一次窥见生命的荒谬。

我们信任的体系终将腐化我们，我们钟爱的人们终将辜负我们，而死亡是一架坠落中的钢琴，我们其实真的一无所有。

回忆，才是唯一真实的资产。

记住，是我们唯一能做的事情。

个人觉得作品内容有些悲情，但并不影响作品本身的价值意义，精神方面，还是很积极的。当然也不是现实的一无所有。

这是一个流行离开的世界，但是我们都不擅长告别。既然如此，便抱着随时都要离去的心态，不在这个万物多情的世界，留下遗憾，在破碎而悲怆的生命最后一刻，要这么说，我们曾经拥有过一切。并且已将自己的平庸烙印在别的灵魂上，为所有的一切而歌唱。

书与影（读书笔记、观后感）

诗共论（小诗歌、小杂文）◎

把诗文寄与春风，载梦而归。

把思考融于认知和实践，化石成金。

无穷的智慧总是牵手勤学好思之人，可怕的愚蠢却往往与不学、懒思之人结伴。

假如我是一束光

假如我是一束光，
我的呼吸是日久天长。
在你的眼里：
霞光和云雾在天际流动，
燃起的火焰在守护大地。
在歌声中，死去——
幽深的黎明走向了深渊，
与沉默相吻，与思念哭泣。

灵魂的旋律

宇宙之理性，
却有揭不下的面具。
元素之变化，
却有无法停息之痛。
灵魂流逝于永恒中，
吞灭，永无归路。

它似一团虚无，
置身于混乱之中，
却享有安宁与静谧。
它似宇宙中的洞察者，
打破着主宰的伪装，
却为别的灵魂，
哼唱旋律，给予幸福。

孤寂的存在，
吞噬的恐慌，
它似生活般真实，
并不"高尚"，
且蕴藏灵魂。
只因不愿被归为那，

宇宙的理性，
在命运的指导下，
焚烧肉身与欲望。

我的灵魂对我说：
"你只是一个小小的灵魂。"
宇宙却对我说：
"你是变化中的元素，
宇宙组成的部分，
自然紧密的一分子。"
我再次转身，
开始向四周歌唱。
负担的躯体似乎轻盈许多。

那宇宙的黑洞，
虚无神秘。
我接近它，
并走向永恒的中心，
开启美好的旅程。

生与春

醒着，沉睡，梦中，
春，给了我一颗跳动的心，
我却用它平静自己。

我寻找的，并不是春。
而是春天的自己。
我等待的，并不是春。
而是春天的思考。
我盼望的，并不是春。
而是春天的真实。
我幻想的，并不是春。
而是春天的永恒。

你曾说过，
如果有一万个人，就有一万个春天。
如果有一万个春天，却只有一个你。
你曾说过，
春天里，思考都是相同的。
但春天的思考，却无人知晓。
你曾说过，
眼前的春天就是春天，

但真实的春天在心里。
你曾说过，
春天的意义取决于是否永恒。

梦中，醒着，活着，
生，给了我一双黑色的眼睛，
你，却给我一个彩色的世界。

无　言

一个人
在山腰
遇上一处冰凌
周遭静寂无声
它与我
亦无声

时间仿佛凝固
在它成为冰凌的前一刻
它的流动
它的点滴
都呈现在眼前
这呈现
它可情愿
这呈现
又是为了谁

山风猎猎
它无言
我亦无言
这样，很好

成功诞生于勤奋之后

你知道吗？一只蜜蜂要酿造 1 千克的蜜，必须采集一百万朵花的花蜜，倘若花丛与蜂窝的平均距离为 1.5 千米，那么它的飞行路程差不多有 12 个赤道这么长。蜜蜂的精神，不就体现在"勤奋"二字上吗？

鲁迅先生曾说过：伟大的成绩和辛勤的劳动是成正比的；一分耕耘一分收获，日积月累，从少到多，就可以创造出奇迹。

他这样说又何尝不是这样做的呢？少年的鲁迅在江南水师学堂读书，第一学期成绩优异，获得学校金质奖章一枚。他立即将其卖掉，买了几本书，又买了一串红辣椒。每当晚上寒冷时，夜读难耐，他便摘下一颗辣椒，放在嘴里嚼着，辣得额头冒汗。他就用这种办法驱寒坚持读书，最终成为我国著名的文学家，亦被誉为"世界十大文豪"之一。

纵观古今中外，有哪一个伟人取得的成绩不是勤奋刻苦的结果呢？！大家熟知的发明大王爱迪生，他发明了灯泡，为人类作出了巨大贡献。但恐怕很少有人知道他很小的时候却被称为"一事无成"的孩子，但他并不在意，依旧用心研读，勤奋钻研，不断地实践，不断地改进，在理想的道路上奋发前行。

还有一例，可以为证。著名音乐家贝多芬小时候学弹琴时，勤奋专注的程度令人吃惊。他手指在键盘上磨得滚烫却毫不在意，为了能长时间练琴，便在琴旁放了一盆凉水，把手指浸在水中散热，泡凉以后继续练。这样，手指上带着的水飞溅到地上，积少成多，最后从木板缝隙间渗漏到楼下房东的屋子里，女房东为此大喊大叫，他却毫不知觉。

以上名人的成功事例足以说明"成功来源于勤奋"。

相反，我国古代有个叫方仲永的"神童"，5岁便会作诗，而且达到"指物作诗立就"的程度。拥有如此高的天资，按理长大后应该十分出众，但由于他的父亲经常带他到处炫耀会客，使他不能好好学习，于是智力日益走下坡路，"神童"也渐渐变成了平庸之辈。可见，天才需要勤奋，勤奋成就事业。

勤奋是我们人生中最不能放弃的东西，它是打开成功大门的钥匙。花落下，是因为花开过，更是因为它曾努力过。我们又何尝不是如此，如果不勤奋努力去求索，不断地追求，又怎会取得人生的成功？又能拿什么来证明生命的意义呢？

勤能补拙，让我们一起坚信这一点。最终，你将成为命运的主宰者！

万物共生　连接美好

又一年的高考结束了。母亲一直关注着作文命题。今天她很兴奋，因为江苏省的作文命题让她拍手称妙。她希望我也能细细品味，并试作一小文为感。

物各有性。水至淡，盐得味。简单的道理我们平时未必去思考它。真可谓，水加水，毫不神奇。盐加盐，并无深意。可是加适量盐入水中，则立马让水变得有滋有味，而我们肉眼并无力分辨它的味道。它甚至可以成为补充体能的葡萄糖，几乎有了救命的能量，实乃神奇。各种物种的融合，组成了美好的生活。衣食住行，无不如此。

人人需穿衣。爱美之心也是人皆有之，但我们也总不能拣自己觉得美的来穿。人们按各种职业有规定服装。学生的我在校也只能着校服。看似千篇一律，却自有章法，乱不得。绫罗绸缎人人爱，但我们只是择适当时机而穿之。高跟鞋、平底鞋，它们都有自己存在的方式。棉袄短袖，我们缺一不可。因为是它们所有的存在，连接我们的春夏秋冬，连接了我们的生活学习和工作。

如今的时代，我们已经全民基本达到小康水平。吃饭不再是难题。鸡鸭鱼肉也日日可求。可是如果让你整天大鱼大肉、山珍海味，不出十天八日，你一定已是叫苦不迭。事实也是如此，我们的身体健康更离不开蔬菜瓜果，五谷杂粮。大城市的人们一到假期就奔向乡村，寻找有机食物，绿色生活。曾经难以下咽的粗粮成了好多人心心念念的美味。所谓营养全面，精粮粗粮必须和谐搭配融合。

谈到住，谁不喜欢大别墅，空气清新，宁静舒适。可是人们在生活中，必须考虑工作、谋生、学习。尤其现在的学区房，很多家长都只能放弃大屋换小屋。舒适，便利或必需，人们总是按照自己的生活需求择居住地。所以我们有时也不必羡慕大宅，有时也不要轻视小居室。各种房子的存在都有房子本身的意义。

说到行，如今的话题更是多。小轿车早已不是什么稀罕物，但是带来了交通拥堵，环境污染。于是很多拥有了汽车的人们，害怕了一种山峰，人们称之为交通高峰。以车代步还往往让人们少了很多运动的机会。因此，我们又有了微信行走排名这样的新游戏。各种健走团、登山拉风小队全国风行。可是我们又离不开小轿车。不管怎样，车子总是让我们可以走得更远、更快，也更方便。但是如果我们可以在平时加入更多的绿色出行，你会发现，生活又会让我们体会到更多的美好和新风尚。

生活需要多元化。人体需要营养均衡。人的一生，只因为你尝遍了酸甜苦辣咸，你才懂合理取舍，得大自在。世界之所以这么美好，我们应该感恩大地的宽广无私，大地容纳了世间万物，它引导我们去理解万物共生，唯如此，人类才学会连接一切美好！

追逐灵魂的过程

　　许多灵魂都被锁在一个密闭的空间里。你手里有一把钥匙，当你看到地上零零散散的被丢弃的钥匙，寂寞与软弱使你手上的钥匙也不知不觉滑落了。尽管隔着墙就是光，从此以后，你陷入了一片黑暗。因为你坠落的钥匙也成为那些掉在地上的钥匙，迷惑着更多人放下钥匙。没有灵魂会为你再次拾起，因为空间里没有灵魂，它们只是曾经握过钥匙，抛弃了自己的灵魂的躯体。你的灵魂与躯体也始终隔着一道厚厚的墙。

　　世上并没有坏人，只有一些孤独的人。世上的人可以分为有灵魂的和没有灵魂的。社会会吞噬有灵魂的人，也会吞噬孤独没有灵魂的人。这样，人就不需要有区别，都是没有灵魂的人。最后剩下一个满是躯体的世界，嘲笑空间里的灵魂。而你来到这个地方，是因为最初的最初，你丢下了一把小小的钥匙，仅此而已。你放下钥匙的那刻，就在宣布着，你将离开自己的灵魂，行走，行走。

　　每个来到这里的人们，为何有容忍的能力？那是因为，我们都是寻找灵魂的人。在路上，你看着虚无的世界夺走一个个虚无的东西。你所容忍的也渐渐变小，直到甘愿等着，被一并夺走。只是你不知道，被夺走后能不能再次拿到钥匙，拿到钥匙后会不会再次放下，或者说，寻找的灵魂还在不在，还是不是同一个灵魂？还是，有没有后来……

　　你是一个躯体，是一个有追求的躯体，同时也是一个软弱的躯体，会怀疑的躯体。你怀疑自己，怀疑那些没意义的东西，怀疑自己站着的地方，怀疑那些曾改变的事物。你要的其实很简单，就是努力找到自己的灵魂，但通往它的路只有一条，每一步都不能错。或许你无拘无束的一笑，就错了；或许你局促不安的眼神，就错了；无论怎样，请不要变得太不像自己，因为这样，你的灵魂就与你不匹配了。

人没有想太多，只有想得不够多。人没有简单，只是不够深刻。没有灵魂抛弃了你，只有你抛弃了灵魂。躯体在原地不动，但你的灵魂始终在飘荡，走着你将要走的路，就像你永远追不上自己内心想要的东西一样。躯体要的并不是灵魂想要的。世上没有成功的人，因为世上的生活只是一个基本的过程，即追逐的过程，而每个人追逐的都是同样的东西，没有人能在过程中到达终点。所谓命运不公，只是你对这满是躯体的环境产生了厌恶，和人们迫切地竞争发展创造是同样的道理。你迫切地想要得到自己的灵魂。同时在呼喊着不公时，你也渐渐拉开了距离。那些自以为成功的人，其实只是停止了追逐的脚步，比埋怨不公的人更加可怜。每个人要的其实很简单，但简单的东西在这里或许是以物质来衡量的，实际上是以信念来衡量的。

如果你只是为了在活着的过程中活得比别人好，如果你只是为了走别人的路而活下去，那你就彻头彻尾受到了别人的影响。

人类本就是在自然中形成的。但更多的人们却将这个关键的过程、毕生的精力放在了人类创造的事物上，他们的思想也就受到了限制，但他们不是孤独的人，孤独的是那些执着于灵魂、不易受影响的人们。

感　恩

　　人生在世，要学会感恩。除了得到的爱，不要忘了还要感恩，感恩那些似乎会让你失去或者痛苦的人和事。

　　最先想到的就是父母，我们在他们的陪伴下慢慢长大，他们却在慢慢变老。他们不可能一生一世呵护着我们，但却一生一世在我们心中，而分离只是形式上的一次死亡，留给我们的是无价的灵魂与精神。

　　儿时，我就背过《诗经》的经典片段：父兮生我，母兮鞠我。抚我畜我，长我育我，顾我复我。

　　不言而喻，每个人的生命中都承载着父母如山如海的爱。生养之恩，浩瀚无边，又岂是"感恩"二字可言表？

　　但现实生活中，我们却往往无视这种爱，觉得这是理所当然的，觉得天下父母皆如此。这种永远不会背叛的爱有时却会让我们的内心变得自私，一种坦然的自私。甚至会变得欲求不满，用埋怨来回应这样的爱。随着成长，虽说明白了自己该懂感恩，可往往言不由衷。这是为什么呢？我也常常在思考：为什么家里的大人们能从内心深处发出感恩之情，去对待生活中的很多人和事，而我们却对"感恩"二字理解很肤浅呢？我渐渐有些明白，那是因为我们太一帆风顺。没有接触过社会的复杂，没有承受过沉重的责任，没有真正地为了在社会中立足而努力。所以，我们应该敞开怀抱迎接生命中必然的痛苦、挫折、失败、背叛、孤独……

　　因为我们的父母都是经历了所有这一切的。

　　我还要感恩的是我的妹妹。其实小时候，我和她的关系一直都是一半敌人一半姐妹，我也不理解自己为何要与年纪比我小的她争执。但是她经常做一些事情，比如用笔在我书上乱画，然后再撕掉，让我比较烦，但是她又很爱哭，一哭我就没办法了。等她长大以后，我才意识到，她在我的生命中的陪伴有多么重要，让我过去不再孤单，在未来也有真挚的陪伴。或许没有她，我的性格也会不一样了。当她叫我一声"姐姐"的时候，我就真心地想好好爱护她。

　　接下来，我想和大家分享一段美国联邦最高法院首席大法官约翰·罗伯茨在2017年他孩子的中学毕业礼上的话：我希望你们在未来的岁月中，不时遭遇不公对待，这样才会理解公正的价值所在。

　　愿你们尝到背叛滋味，这会教你们领悟忠诚之重要。抱歉，我还希望你们时常会有孤独感，这样才不会将良朋挚友视为理所当然。愿你们偶尔运气不佳，这样才会意识到机遇在人生中的地位，进而理解你们的成功并非命中注定，别人的失败也不是天经地义。当你们偶尔遭遇失败时，愿你们受到对手幸灾乐祸的嘲弄，这才会让你们理解体育精神的重要性。愿你们偶尔被人忽视，这样才能学会倾听。愿你们感受到切肤之痛，这样才能对别人抱有同情心。无论我怎么想，这些迟早会来临。而你们能否从中获益，取决于能否参透人生苦难传递的信息。

　　他说的不就是"感恩"吗？所以我想接着他的话茬说："只有懂得感恩生命的缺陷和不完美，以及那些要失去的东西，我们才能真正去回报那些爱我们的人。"

梦　想

　　梦想不一定是自己喜欢或擅长的事，也不一定是一件耗尽毕生心血也不一定实现的宏伟愿望。还有，如果有人说："经过努力，我的梦想终于实现了。"这并不能用来衡量个人价值，实现了梦想也不代表实现了个人价值。我们的一生不是为了完成梦想，不管它有多伟大还是多朴实，当你完成了就不再是你的梦想，心的位置也会突然不自然地空了下来，在时间的冲刷下，你能保证你已完成的梦想不会被越冲越淡吗？你甚至会怀疑自己为什么会将过去花费在这样的事情上，到了最后，难免会显得有些枯燥，所以我们要追求的是无止境的东西，哪怕知道它是无止境的，也要带着对梦的执着，这样才会得到真正意义的实现。

　　你的梦想是为了什么？只是空想吗，或者是为了物质？梦想很重要，当我们在作选择的时候肯定会舍弃什么。所以，如果考虑的角度太简单，总有一天，我们舍弃的就是梦想和追求梦想的自己。

　　我们不仅仅只有一个梦，但出于各种因素影响，一切变得局限起来。有句话说"时间其实是静止的，逝去的是我们"，我们的梦就如时间一样。静止，看似虚缈却近在身边，与其说我们在追逐着梦想，不如说坚信梦想始终等待着我们。把它存在心里吧。

　　如今，我的梦想也许也在等着我，但我还没有方向去找它。或许在某个特殊的时刻，我会不自觉地向它靠近。其实面对梦想这个主题还是有些尴尬的，因为我没有确定梦想也不急着确定，不会临时随便讲一个自己不愿意的梦想，就在此谈谈我对梦想的看法吧。

什么是个好

前段时间，我母亲读到这个"什么是个好"的命题，是 2018 年苏州中考的作文命题。她对这个命题颇有感慨。于是乎，有一日，她在晚饭时抛出了这个话题，让我们在吃饱喝足后能畅所欲言地谈谈各自的心里话。

妹妹小晚说，如果可以自主选择自己的兴趣课，拥有更多的足够的周末自由活动时间，那就是个好。还有她希望多有几个母亲哄拍着她入睡的夜晚，她不愿和这个撒娇无忧的时期过早告别。

母亲又看了看我。我说有陪伴的成长是个好，有奋斗和前行方向的成长是个好，有梦想的未来是个好，带着一些苦味的学有所成是个好，每天能拥有足够的阅读时间那更是个好，前行中偶遇挫折也是个好，因为有时候恰恰需要这些挫折来增强我们的抵抗力。当然，我也说，拥有父母、老师、同学、玩伴的信任是个好。信任是一种幸福，更是一种动力，是医治成长中烦恼的最佳良药。说着说着，我们似乎都看到了远方……

母亲又把目光投向了父亲。父亲说，一家人健康和睦是个好。母亲理解，女儿们快乐成长，那就是他最大的那个好了。为了这两个好，他愿意舍弃过去自己要的一些个好。父亲接着又说，人到中年了，他还能坚持享受自己的兴趣爱好，比如书法和围棋，这两项爱好可是煞费时间哦。可我母亲虽有小怨，但总是以实际行动去支持他走向自己的快乐。父亲说，真好啊，这真是个好！

最后，该是我们听听母亲的心声了。我们仨听众的内心略有紧张。母亲，她是我们整个家庭的魂，她牵动着四颗心的行走距离。说真的，我们平时很少思考她心中认为的那些个好。无疑，母亲是伟大的。

母亲缓缓地说，我和你们一样，也希望能和自己的父母亲常相伴。任何人在自己父母心中都永远只是个孩子，这和年龄是毫不相关的。可是，外公走了，走了十年有余了。但是，外公把他毕生的那些个好却留了下来。留在了母亲的血液中，融入了母亲的骨髓里，活在了家风中，母亲说，这是个真正的好，好在生命的传承里。就是她父亲留下的那个好，足以伴她穿越万水千山。

母亲又说，生活厚待她，她学业有成，事业有成，家庭幸福，又拥有几位喊她"真爱"的志同道合的朋友。她还有一位很爱她的弟弟，他俩感情深厚，还常惹得家人们"吃醋"呢。我母亲对这些个好很是感恩，她说人不能滥用福报，要时刻懂得感恩、宽容、慈悲和无私地付出。她说我们应该把自己拥有的知识毫无保留地教给需要的人，也要在身边人有困难时慷慨伸出援手。她拥有了信仰，她笃定地朝着自己的内心走去。你们说，这不是那个最好的吗？

这是次心灵交会的谈话。我们一家人聆听了彼此的心声后，都沉默了许久。生活中的这些个好，它从哪里来？它又去了哪里？我们能抓住这些个好吗？

母亲总结了：静水流深，沧笙踏歌……

谈谈孤独

　　每个人都与孤独联系着，准确来说，生命从来没有离开过孤独而存在着，直到生命的最后，它依然在暗处陪伴着我们。当你听到"孤独"二字，你的感受会是怎么样的？你感到慌张了，还是一片宁静？我们总是把孤独和寂寞混为一谈，寂寞是令人发慌的，而孤独却让我们觉得饱满。

　　我们心中都有自己对孤独的定义。对我而言，就像《孤独书》中所说的一样，灵魂中最深处的孤独，是伴随着清醒而来的。小时候，我喜欢封闭着自己，把自己安置在一个寂静的心灵空间中，我不和同龄的孩子玩耍，任由心中对外界的抵触不断蔓延，我感到过无声的寂寞，也想过改变这样的状态，但我更多的是认同自己的选择，相信我是在保护自己。直到某一夜，我心底深处的那种虚无感释放了，我清醒了过来，才意识到自己很孤独，紧接着，孤独带给了我美丽的将来，我解脱了约束，变得越来越自在，越来越实在。自从那种力量消失了以后，生命中迎来了新的开始。

　　孤独之前是迷茫，孤独之后是成长。

　　或许是巧合，我发现自己的想象力很丰富，所以在小学的某段时间热衷于编童话。就像安东尼·斯托尔写的《孤独》中所说的那样，想象力总是在孤独状态下展开翅膀，能够享受孤独的人才能创造潜能。这正好也解释了有些艺术家比较孤僻，还有灵感往往从孤独中涌现的事实。所以当你有一天突然意识到了自己存在某个问题，有一种清醒的感觉，就可以想想自己是不是自以为是地独立，是不是经历了孤独。

其实，孤独会让我们更懂得关爱别人。在你发现自己竟然很会安慰人，你就会意识到自己也经历了孤独，所以有感同身受的感觉。在这个过程中，我们就给予了别人关爱，而当我们孤独时，其实也是在等和寻求属于你的那份爱，孤独和爱是紧密相连的，我们没理由刻意地回避它，觉得是暴露了自己的内心，而相反，只有你敢于展现自己的真实想法，才会得到爱，才会重新站起来。孤独其实很美。

现在，我们都在社会中生存着，每天，似乎都在为社会作出一点儿贡献。因为只有这样，我们才能充实自己的生活，才有时间去做自己的梦。但是，你有没有觉得，融入了社会，自己并没有精神上的快乐，而是处处压抑着，哪有所谓的迷人的风景，都是商业化在背后控制着，快乐并不容易。要么庸俗，要么孤独。《你的孤独，虽败犹荣》中有一句话：不合群是表面的孤独，合群了才是内心的孤独。它敲击了我们的内心。有时候，不要委屈了自己，强迫自己妥协，让自己的心感到悲伤的孤独，我们往往低估了自己内心的强大，以为只有迎合别人，迎合社会，才能保护自己易受脆弱的心。但实际上，人生自始至终，我们都是有主动权的，我们也无所畏惧。遵循自我最重要。

孤独应该是美丽的，而不是悲伤地寄存在心中。

现在，我们只是学生，在将来，会遇到更多的孤独，而我们能否从中受益，取决于能否正确地领悟孤独，感受孤独。

知足者常乐也

从公开的文字看起来：很多人认为，知足常乐是颓废、不知上进的表现，碌碌无为的人才会这么做，尤其在当今发达、不断进步的时代，应该提倡人们不断地探索以及提高欲望，才能获得真正的快乐和满足感。单凭这一现象而论，"知足不常乐"的说法有一定的道理。但把一个人快乐的定义放在"满足欲望"之上的理解只是片面的，不够完善。

从文字的本质来看："知足常乐"来源于老子的知足不辱，知止不殆，可以长久。知道满足而得到的快乐是长久的，而成为欲望的奴仆是不会快乐的，这是老子道家思想的智慧之所在。人一旦有了攀比心、有了欲望，就会过得很累，从而产生嫉妒心，在佛家经典里来讲，就是明确的偏执，而偏执是人们修行路上的一大障碍，有了障碍，你会快乐吗？

欲望是会在人们心中不断蔓延的，人生中，许多的苦都是因为人们对这个世界要求太多，对周围的人要求太多导致的。金钱的诱惑、权力的纷争，无时无刻不让人不殚精竭虑，为了得到更多的物质，一些人不惜牺牲自己的尊严和人格，最后陷于世俗的泥潭中。可以说，他们的快乐只是在自欺欺人，却浑然不知，自己已然被物质控制，被欲望折磨，成为追名逐利的人。知足常乐，何为乐？标准在哪里？要问你的内心深处。

知足常乐是对生活的一种态度，而不是颓废的表现。

佛经中有一段话，翻译成现代汉语就是：一个人没有华丽的衣服，但是这个人走到哪儿，都不会担心自己的衣服被弄脏。每天吃的饭也都是粗茶淡饭，但是他不会担心自己有"富贵病"。虽然他住的地方没有多么的奢华，但是他明白，即使自己有广厦千万间，晚上睡觉的地方也不过就只有八尺的空间，多了反而还要担心是不是会被不法之人盯上。在这样的生活中，他能得到自己想要的生活，就是知足常乐，当一个人不去刻意追求所谓的快乐，无形中就会收获快乐，这才是所谓知足常乐的生活态度，和颓废沾不上任何边。

有人认为碌碌无为的人才会知足常乐。这点完全错误。能够做到知足的人，是智慧的、宽容的，他们的修养绝对高于常人。如果你简单，这个世界就会对你简单。如果你的欲望不见底，自己也会陷得越来越深。

记忆之云——写作

  谈起写作，一朵记忆之云便飘进了我的脑海，渐渐地随思绪飘荡起来。我情不自禁地追寻起初次与写作相逢时的情景和经历……

  那朵云里，不，确切地说应该是乌云，一个天真文静、跃跃欲试的女童——那是我，一只稚嫩的小手谨防宝贝跑掉似的紧紧攥着铅笔；眼里隐约闪烁着微光，那是对新事物的好奇，不，是一份埋藏在幼小心灵里的期盼，不过那更像是一个追求了无数个日夜的美好之梦。女童把所有希望都寄托在了这支小小的铅笔上，真想在此刻洋洋洒洒、下笔如有神啊！可是当她迫不及待地写下第一个字时，便犹豫起来了，还在前一秒，所有灵感已一股脑儿涌了上来，却不料一闪即逝，无论如何也无法挽留，小气得一条蛛丝马迹也不留，只留下呆呆的她在默然发愣……那时的她方才明白提笔容易落笔难啊，千万种难以言说的滋味混合在一起，糊在了心上。"黑云压城城欲摧"，乌云终究化成了无奈焦灼的泪水，滴湿了稿纸……

  小时候，我特别欣赏那些作家，在他们平凡的笔下却能创造出具有神奇魔力的文章，因此我按捺不住对写作激动的心情。我深知什么事都不可能一蹴而就，成功的前面是反复的失败和辛苦的努力。于是我给自己一个座右铭：成功是给那些有准备付出的人的！在写作之路上，我要拨开乌云，让白云随风飘荡。

  在那雪白的记忆之云里，一对熟悉的身影来到了我的身旁。父母对我孜孜不倦的耐心的教导和启发给予了我非常大的帮助和鼓舞。生活中我与古诗、美文、成语和大大小小的作家结下了不解之缘。

从此以后，我开始习惯把文字作为倾诉的对象，会在一张白纸上淋漓尽致地表达自己的思想感情。我感受到了知识的力量，我也感应到了写作带来的欢畅的氛围。

现在，记忆之云已化为温柔的微风，习习地，珍藏于心间。

小池铭

　　池不在大，有之则益。水不在清，有鱼则灵。斯是小池，惟应好生。青苔附含笑，修竹低调吟。池中虾逐戏，映空雁留痕。可以樟下坐，诵佛经。无鸟蜂共喧闹，有蝶舞邀月影。东探桃花湖，西枕凤凰潭。家父云："心之池乎？"

花与嫩芽的对白

春雷响过，洒了春雨，犹如甘霖，万物回春，百花竞放。嫩芽对花云："汝已盛极一时，可逝矣！"花急复曰："你我皆春之子，鹣鲽比目之情，何必相煎太急？"嫩芽曰："你我虽处同一物种，同气连枝，可谓连理，然有你无我，有我无你！"花叹曰："春雷走春雨干，我随二春变落英，化作春泥更护汝！"嫩芽诺曰："汝先去，夏日炎炎吾祭汝，待到冬雷震震秋风横扫，吾与汝共赴一抔黄土，长眠来年。但愿人长久，咫尺共婵娟！"

（我在校春游登山之际，见到漫山的花和盼春的嫩芽，感慨万千，心中油然升起花与嫩芽间的交织情愫。希望我们春夏秋冬经历的各种人间之情亦如斯，相互扶持，相互牺牲。有感而发，于是写下这篇对白。）